웜스
Warmth

풀잎에너지 지음

좋은땅

나의 사랑하는 아내 풀꽃에게,
평생의 여정을 함께하고 가족에 헌신한
당신께 감사하며 풀잎이 드립니다.

순천 어느 한적한 정원에 핀 '새깃유홍초'

프롤로그

"불나방!"

"죽을지도 모르는, 아니 죽을 줄 알면서도 불빛 주변을 끊임없이 맴도는 불나방. 나는 바로 그 불나방이었다."

나에게 주어진 상황이 너무 힘들고 완벽주의 성격에 대충하는 것은 견디지 못하고 매일 야근에 몸은 지쳐갔다. 맞닥뜨린 어려운 상황이 해결만 된다면 악마에게라도 영혼을 팔고 싶었다. 가족과 회사, 주변 사람들과의 관계도 늘 엉망으로 뒤엉켜 내면에는 곧 터질 것만 같은 폭탄이 있었다. 누가 뭐라 하는 것도 아닌데 나는 늘 내 스스로를 책망하며 부족함에 자존감을 잃어갔다.

뭐가 문제일까. 어디서부터 꼬여있는 것일까. 어느 날 문득 나는 모든 문제가 나의 내면의 세계에서 출발하고 있음을 깨달았다. 나의 마음을 다스리지 못하고 나에게 따뜻하게 대하지 못하고, 자신을 스스로 책망하는 곳에서부터 출발하여 주변과 세상

을 원망하고 있었다. 내가 내면에서부터 스스로 제대로 일어서
지 못하면 아무것도 의미가 없음을 알았다.

세상은 늘 어지럽고 어수선하다. 그렇게 나처럼 자신을 알지
못하는 수많은 사람과 그들이 만들어 가는 세상은 늘 이기심과
난폭함으로 가득 차 있다. 어떻게 하면 세상을 더 아름답게, 모
두가 살 만한 곳으로, 더 행복한 공간으로 만들 수 있을까? 그러
한 세상을 만들기 위해 나는 그리고 우리는 무엇을 해야 할까?

나는 그 해답을 따뜻함에 있다고 보았다. 우선 나 자신에 따뜻
하게 하는 것이 무엇보다도 중요했다. 나 자신의 자존감을 살피
고 자신에게 따뜻하게 대하고, 내면에서 끓어오르는 분노와 화
냄을 관찰하고 에너지를 조절하고 나 자신의 어지러운 심리상태
를 따뜻하게 감싸안아 주어야 했다. 체력이 약했기에 육체적 건
강을 위해 몸을 따뜻하게 관리하는 것도 중요 요소가 되었다.

따뜻함으로 나를 안정시키고 정립한 후에 가족, 친구, 동료 모
든 주변 사람과 알지 못하는 낯선 사람들에게 따뜻함을 나눔으로
써 우리가 함께 살아가는 공동체 전체에 따뜻한 에너지를 전하고
선순환이 되도록 하는 것이 중요함을 깨달았다. 그렇게 우리 삶
의 공동체에 따뜻한 에너지가 넘치면 우리를 둘러싼 정치세계,

종교갈등, 지도자, 기업의 리더 등 모든 사회구조와 네트워크에서도 따뜻함의 선순환이 이루어질 것이다.

그리고 나아가 지구라는 작은 생태계에 지금 일어나고 있는 엄청난 환경오염, 쓰레기 문제와 지구온난화 등에 대해 다 함께 진지하게 고민하고 해법을 찾아가게 될 것이다. 이는 현재 우리에게도 당면한 문제이지만 바로 우리의 아이들, 후대에는 너무도 절박한 생명에 직결되는 문제들이기 때문이다. 나부터 출발하여 우리 모두 그리고 지구촌 전체가 따뜻한 시선으로 그리고 진지하게 이 문제를 바라보아야 한다.

인류는 현명하다. 우리가 당면한 현재의 문제를 모두가 공감한다면 그리고 그 공감으로부터 출발하여 다 함께 해결 방안을 찾아간다면 반드시 문제는 해결될 것이다. 그물망이 모두 연결되어 있고 서로 영향을 주고받는 것처럼, 우리 모두는 서로 연결되어 있다. 나의 작은 행동은 돌고 돌아 결국 나에게 영향을 준다. 내가 행복하고 내가 긍정의 따뜻한 에너지를 주변에 전달하면 돌고 돌아 나에게 그 에너지는 반드시 돌아온다. 내가 불행의 부정의 에너지를 주변에 전달한다면 이는 반드시 돌고 돌아 나에게 불행의 에너지가 돌아올 것이다. 그러므로 나를 위해서라도 우리가 모두 행복할 수 있는 방법, 따뜻한 에너지를 전달하는 것을 함께 실천해야 할 것이다.

　당신의 오늘을 움직이는 삶의 원동력, 당신의 미래를 변화시킬 생존전략, 젊은 세대의 미래를 지켜낼 희망 '따뜻함' 그리하여 나는 그 따뜻함을 웜스(Warmth)라는 이름으로 글을 쓰기로 하였다. 따뜻함이 나를 바꾸고, 따뜻함이 너와 우리를 바꾸고 따뜻함이 세상을 바꾸기를 기대하며… 이 책을 들고 있는 당신은 이미 그 대열에 합류한 것이다. 감사의 마음을 전하며 끝까지 여정을 함께하길 희망한다.

목차

경상북도수목원, 어느 안개 낀 날의 고요한 아침

당신의 자존감,
안녕하신가요?

당신에게는 지난 한 주간 어떤 일들이 힘든 일로 다가왔나요? 회사에서 동료들이 나만 빼고 차를 마시면서 내 뒷담화했나요? 내가 만든 완벽한(?) 보고서를 부장님은 무시하고 한심하게 쳐다보았나요? 하나밖에 없는 아들이 공부는 안 하고 게임만 하고… 인사도 안 하고 뭐 그러나요? 아내로 엄마로 모든 것을 포기하고 희생한 내 삶이 억울한 생각이 드나요? 친구가 나를 무시하고 물어보지도 않고 자기 맘대로 점심 메뉴를 결정했나요?

[상황] 김 과장의 하루

그랬다. 그날도 김 과장은 회사 동료들이 자신만 빼고 탕비실에서 차를 마시면서 뭐가 그리 좋은지 시끄럽게 떠들어 대고 있음에 분개하고 있었다. 아무래도 자신을 뒤에서 험담하는 것 같다. 산더미처럼 쌓여있는 업무를 처리하느라 나는 이렇게 바쁜데 박 과장과 저들은 저렇게 회사에서 노닥거리다니… 며칠 밤 야근까지 해서 완벽하게(?) 마무리한 업무를 부장에게 보고하는데 온통 지적만 당하고 나왔다. 정말 억울하고 화가 난다.

　집에 밤 10시에 퇴근했다. 아내가 오늘도 늦었다면서 잔소리를 한다. 아들놈은 아예 인사도 없다. 지난 주말 밥도 안 먹고 게임만 하는 고2 아들을 다소 심하게 훈계한 것이 원인일 것이다. 아들에게 사과라도 해야 하나… 내가 뭐 죄라고. 분노가 폭발 직전이다. 모든 것이 혼란스럽고 삶이 지친다.

　많은 사람이 아니 거의 모든 사람이 삶의 과정에서 내용과 정도의 차이는 있지만 힘들고 심지어 번아웃을 경험하면서 살고 있다. 가족과 직장에서 인간관계, 경제적 문제, 건강 이상 등. 한 개인의 삶을 중심으로 전개되는 삶의 무게와 문제들은 다양하다. 이러한 모든 문제는 결국 자신에게 귀결된다. 문제의 출발도 해법도 모두 자신이 책임지고 풀어내야 할 숙제다. **그러한 출발점에 그리고 종점에 '자존감'이 있다. 나를 바로 세우는 힘, 바로 자존감 말이다.**

　어쩌면 모든 이의 삶은 자존감으로 귀결될지도 모른다. 자신을 이해하고 다스리는 삶에 대한 기본자세이기도 하고, 개인의 삶을 성공시키는 원동력이기도 하고, 모든 이의 삶을, 나아가 세상을 행복하게 만드는 방편이기도 하다. 사람들이 스스로 자기를 사랑하지 않는데 누가 자신을 사랑해 줄 것인가? **따뜻하게 나를**

감싸안아 주고 따뜻하게 나를 인정해 주고 공감해 주어야 할 것이다.

흠… 자존감!

돌이켜 보면 내 자신이 누구보다도 자존감 낮은 삶을 살아왔다. 글을 쓰다 보니 더욱 그렇게 느껴진다. 가족들에게, 회사 동료에게, 가까운 사람들에게 모든 면에서 부족했고 아직도 진행형이다. 소극적이고, 남 눈치를 보고, 남의 평가에 휘둘리고, 그래서 자책하고 그러면서도 완벽주의에 가깝고… 그래서 나의 생각은 그렇다. 나와 너 그리고 우리 모두가 자존감이 높아지고 삶에 충만감을 가지면 좋겠다는… 그러기 위해 서로가 상대의 자존감을 높이도록 지지하고 도와주는 세상… 그러면 정말 좋겠다. 내가 **나를 따뜻하게 감싸안아 주고 그 힘으로 다른 이를 따뜻하게 대하고 감싸안아 주고 그렇게 모두가 서로의 자존감을 지지하고 인정해 주는 그런 세상을 꿈꿔본다.**

자존감에 관해 쓴 책 중 윤홍균 원장이 쓴 '자존감 수업'에서 자존감에는 세 가지 축이 있다고 소개하고 있다. 자신이 얼마나 쓸모가 있는 사람인지를 느끼는 '자기 효능감', 자기가 하고 싶은 방향으로 자유의지로 할 수 있는 '자기 조절감', 스스로 안전하고 편안함을 느낄 수 있는 '자기 안전감'이 그것이다.

자존감이 낮은 사람들은 자신의 가치를 부정하는 경우가 많다. 자신을 사랑하기 위해서는 그리고 인생에 조금 편하게 살고 싶다면 평소 자신에게 '괜찮아'라는 말을 자주 해주어야 한다. 불행했던 아픈 과거를 안고 살아가기란 쉽지 않다. 뜨거운 불덩이 하나를 품에 넣고 살아가는 것과 같다. 자존감이 낮은 사람들은 지나치게 가까운 곳에 그 불행을 놓아두고 무슨 일이 생기면 자꾸 꺼내본다. 그럴 때마다 번번이 데고 상처를 입는다. 모든 아픔은 과거형이다.

자존감이 낮은 사람들은 다른 사람의 눈치를 많이 본다. 다른 사람의 평가에 지나치게 민감하고 휘둘린다. 남들에게 지나치게 친절한 사람들을 보면 내면에 자존감이 낮고 평판을 좋게 하기 위해 자신과 소중한 것들을 많이 희생시킨다.

자존감 회복을 위해 버려야 할 5가지 마음 습관이 있다. 미리 좌절하는 습관, 무기력, 열등감, 미루기와 회피하기, 예민함이 그것이다. 미리 좌절하는 습관이 있다면 이는 무엇보다도 그 좌절하게 만드는 사실을 받아들이고 왜 그것이 나를 좌절하게 만들었는지를 살펴보자. 무기력을 극복하려면 일단 쉬운 것부터 찾아서 무작정 움직이라는 것이다. 예를 들면 스트레칭이라도 즉시 시작하자. 열등감은 모든 사람들에게 있으며 성공했다고 인정되는 사람들도 열등감을 경험한다. 열등감을 극복하려면 심호흡을 하면서 '사는 게 다 그렇지 뭐'라고 쿨하게 말을 내뱉도록 한다. 미루기와 회피하기를 극복하려면 변화에 에너지를 쏟아야 한다. 롤모델을 정하여 목표를 세우고 행동에 옮기고 다른 사람과 함께 목표를 공유하면 도움이 된다. 예민함을 떨치려면 자신과 타인을 구분하는 연습부터 해야 한다. 상황에 대해서 둔감한 연습을 해야 한다. 예민함을 없애는 주문을 외우자. "그럼 좀 어때", "그까짓 것이 뭐라고", "좀 잘못되면 어때."

당신은 밀림의 왕이다. 밀림의 왕인 사자가 늘 편안하고 쉽게 사냥하고 어려움이 없을 것 같지만 코끼리, 하마, 물소와 싸움에서 크게 다치는 경우가 허다하고 심지어 얼룩말에게도 뒷발에 걷어차이면 심각한 부상을 당한다. 부러워 보이는 사자의 삶에도 고단함이 있다. 누구에게나 어려움은 있는 것이다. 어떤 순간에도 잊지 말자. 당신은 밀림의 왕이다. 세상의 중심이다. 당신은 세상에서 단 하나뿐인 소중한 존재다. 당신의 자존감이 바르게 힘 있게 정립되길 기원한다.

[출처] 윤홍균 저, '자존감 수업'

미국의 심리학자 너새니얼 브랜든이 저술한 '자존감의 여섯 기

둥'에서는 자존감을 위해 이렇게 이야기하고 있다. "어떻게 나를 사랑할 것인가?" 세상이 나에게 상처를 주는 것이 아니다, 나를 상처 입히는 것은 나 자신이다. 나를 사랑하지 않으면 다른 사람도 사랑할 수 없다는 내용을 다음의 '자존감을 세우기 위한 여섯까지 기둥으로 설명하고 있다. 여섯 기둥은 '의식하며 살기, 자기 받아들이기, 자기 책임지기, 자기 주장하기, 목적에 집중하기, 자아 통합하기'이다. 여기에 더하여 맺음말에서 일곱 번째 기둥으로 '나의 삶을 사랑하기'를 추가하고 있다.

[출처] 너새니얼 브랜든 저, '자존감의 여섯 기둥'

아픔, 억울한 생각이 들면 마치 풍선이 공중에 떠 있는 것처럼 자기 몸과 마음을 붕 뜨게 하여 도무지 땅에 안정되게 내려오지 못한다. 이럴 땐 다음과 같은 방법을 제안한다. **무조건 밖으로 나가라. 여건이 된다면 짧은 여행이든 장시간 여행이든 여행을 떠나라. 맨발 걷기로 땅과 접촉하여 흙의 기운을 느껴라. 두 팔로 자신을 감싸안고 따뜻하게 말해주어라. "괜찮아. 넌 지금 충분히 잘하고 있어."**

그 누구보다도 소중한 당신. 바로 당신을 먼저 바로 세워 힘을 기르는 출발점. 자존감 세우기입니다. 당신의 자존감, 안녕하신

가요? 그런데요… 대부분 사람이 모두 자존감에 취약합니다. 나만 그런 거 아니고요… 그러니 겁내지 말고 주저하지 말고 그까이꺼 자존감 확 챙기세요. 따뜻하게 나를 감싸고 용기를 내서 ~^^

자존감 향상을 위한 실천사항

1. 나를 있는 그대로 인정하고 따뜻하게 감싸 주기!

- 양손으로 X 자로 교차하여 어깨를 감싸고 토닥토닥

- "괜찮아. 지금 잘하고 있어"라고, 말해주세요.

  "여기서 핵심은 나에게 따뜻하게 이야기해주는 것"

2. 남들과 비교 STOP!

- 다른 사람은 말 그대로 다른 사람일 뿐. 비교 금지.

- 다른 사람의 평가에 흔들리지 말고 나의 길을 가세요.

  "무소의 뿔처럼 혼자서 가라"

3. 작은 목표를 정하고 즉시 실천하기!

- 밖으로 나가 30분 걷기, 나만을 위해 맛있는 거 먹기

- (소확행) 작지만, 확실한 행복을 느껴 보기

  "작은 것에 성공, 에너지가 생기면 더 큰 목표 도전"

동해안 울진 바닷가, 에너지가 몰려와 부서지는 파도

오늘도 치밀어 오르는 분노를 느끼셨나요?

[상황] 김 과장의 나들이

김 과장은 오랜만에 주말 화창한 날씨에 가족들과 나들이를 나갔다. 차량이 많아 도로가 막혀있어 벌써부터 짜증이 나기 시작했다. 그때 앞차와 약간의 거리가 벌어진 순간 다른 차량이 깜빡이도 없이 갑자기 끼어들었다. 급브레이크를 밟으면서 순간 분노 폭발! 앞차에 경적을 울리며 욕을 바가지로 퍼부었다. 기분이 엉키고 오랜만의 나들이는 모두 엉망이 되었다.

2023년 4월에 공개된 넷플릭스 드라마 '성난 사람들'은 도급업자 대니 조가 대형마트 주차장에서 흰색 벤츠와 시비가 붙고, 상대 벤츠가 위협을 가하고 도망가는 장면에서 시작된다. 시즌1의 10부작 내내 서로 복수가 진행되는 이 드라마에서는 평범한 대부분 사람이 일상에서 분노를 갖고 살아가고 있음을 보여주고 있다.

당신도 차를 운전하면서 상대 차량이 갑자기 끼어들거나 내가 갈 길을 방해하거나 위협하는 상황을 경험해 보았을 것이다. 이때 당신의 반응은 어떠했는가? 대부분 사람은 순간적인 분노와 함께 심하면 난폭한 행동을 하게 된다. 이것을 '로드 레이지(road rage)'라고 한다. 누구나 경험하고 지금도 도로 곳곳에서 일상적으로 벌어지고 있다. 그 누구도 그런 상황을 원치 않으면서 말이다.

분노, 화냄이 결코 개인에게 도움이 안 된다는 사실을 알면서도 쉽게 극복되지 않는 것은 안타까운 일이다. 따뜻한 세상을 만들어 가는 두 번째 주제로 정한 이유다. 분노는 어떻게 발현되고 작동하는가? 그리하여 어떻게 개인과 사회를 무너뜨리는가? 인간은 왜 화를 내는가? 그 원인은 무엇인가? 어떻게 하면 분노와 화를 줄일 수 있는가?

우리나라 말로 만들어 세계에서 사용된 질병명이 있다. 바로 화병(Hwa-byung)이다. OECD 국가 중 자살률이 가장 높은 나라가 바로 부끄럽지만 우리나라다. 22년 통계를 보면 10만 명당 자살사망자가 OECD 평균 10.6명인 데 반해 대한민국은 22.6명이다. 정말 부끄러운 일이다. 어떻게 우리나라가 우리 대한민국 국민이 이렇게 감정적으로 분노와 화병 그리고 자살

률이 높은 나라가 되었을까? 개인 건강에 악영향을 주고, 조직과 사회를 파괴하는 분노. 어떻게 하면 분노를 줄일 수 있을까?

의학 전문기자인 이충헌 박사는 '분노도 습관이다'라는 책에서 분노에 대해 깊이 있는 분석과 해법을 제시하고 있다. 우리는 지금 분노 사회에 살고 있다. 화가 쌓이면 병이 되므로 분노는 발산해야 한다고 생각하는 사람이 많다. 이른바 '카타르시스 이론'이다. 하지만 과학적인 연구 결과 이 이론은 맞지 않는 것으로 드러났다. **분노를 표현하면 화가 줄어드는 것이 아니라 더 쌓이고 분노에 대한 역치가 낮아져 나중엔 사소한 일에도 화를 내게 된다. 화는 내면 낼수록 습관이 된다.** 분노는 또 다른 분노를 낳는다. 자신의 건강을 해치고 무엇보다도 대인관계를 망가뜨린다.

뇌의 변연계는 생존에 위협이 되는 요소를 탐지하고 곧바로 '투쟁-도피(fight-flight)모드'에 몰아넣는다. 화가 날 때 우리 뇌에서는 아드레날린이 분출된다. 아드레날린은 심장을 빨리 뛰게 하고 근육을 긴장시켜 순간적으로 폭발적인 힘을 쓸 수 있게 만든다. 뇌에서 인간의 행동을 통제하는 사령탑이 전두엽이다. 전두엽은 분노 조절 센터이다. 전두엽은 기억과 경험을 동원해 상황과 사회적 맥락을 평가한다. 상황에 대한 정확한 이해를 바탕으로 충동을 평가하고 감정에 브레이크를 건다. 그래서 충동대로 할 것인지 가장 효과적인 것을 선택할 것인지를 비교해 결정한다.

　자신이 분노하고 있다는 사실을 알아차리고, 분노 제거 버튼을 누르자. 분노를 조절하는 가장 좋은 방법은 자극과 반응 사이에 시간을 두는 것이다. **일단 셋을 세면서 3초간 아무런 생각을 하지 않는다. 생각에 정지 버튼을 누르는 것이다. 그다음에 15초간 호흡에만 집중하면서 심호흡하는 것이다. 15초는 분노를 가라앉힐 수 있는 '골든타임'이다.** 이타심은 진화의 결과다. 다른 사람에게 도움을 주면 그 사람이 행복해진다. 내가 행복한 건 아니지만 공감 능력이 있으면 타인의 마음이 자신의 마음처럼 느껴진다. 공감 회로를 활성화시키는 방법은 상대의 말을 적극적으로 경청하는 것이다. 평소 **따뜻한 마음으로 타인에 대한 공감 능력을 키우고 훈련하면** 순간적인 분노와 화냄으로부터 조금씩 자유로워질 수 있을 것이다.

[출처] 이충헌 저, '분노도 습관이다'

　분노가 치밀어 화를 내면 바로 그 순간부터 후회하고 자책하며 악순환의 고리에 빠져들어 가서 또 다른 화를 불러일으킨다. 그러므로 **분노의 바로 그 순간에 자신을 객관화시켜 바라보고 자신**

에게 따뜻한 시선을 보내고 마음을 진정시켜 나가야 한다.

우종민 박사는 '마음력'이라는 책에서 마음의 힘이 강한 사람은 행복하다! 행복한 사람은 마음의 힘이 세다고 '마음의 힘'에 대해 이야기하고 있다. **잠을 잘 때 휴대전화 배터리를 충전하듯 삶의 과정에서 마음의 힘, 행복 에너지를 충전해야 한다.** 번아웃이 될 정도로 바쁘게 살아가는 사람들은 마치 불나방과 같다. 불나방은 밤새 불빛을 향해 달려들다가 정작 먹이를 먹지 못하고 굶어 죽은 것이다. 스트레스를 해소하는 방법의 하나는 자신만의 마중물을 만드는 것이다. 가장 높은 수준의 마중물 붓기는 목표를 이룬 장면을 구체적으로 그려보는 것이다. 성공한 뒤의 모습을 생생하게 그려낼 수 있다면 당신은 성공할 수 있다. 연주자가 연주 시작 전에 떨리지만 눈을 감고 머릿속으로 연주를 시작하여 마친 후 우레와 같은 박수를 받으며 인사하는 장면까지 상상해 본다. 그러면 마음이 안정되어 연주를 잘할 수 있다. 분노 발생 응급상황 시 1분 충전법, 분노가 생길 때 자신에게 던지는 세 가지 질문 등 정신건강의학 전문의로서 우종민 박사는 다양한 해법을 제시해 주고 있다.

분노가 생길 때 자신에게 던지는 세 가지 질문
- 첫째, 이 상황이 내 건강과 바꿀 만큼 중요한가?

- 둘째, 이 분노가 정당하고 의로운가?
- 셋째, 화내는 것이 문제 해결에 효과적인 방법인가? 다른 대
  안은 없는가?

이 세 가지 질문에 모두 '예'라는 답이 나오면 화를 내도 된다고
우종민 박사는 이야기하고 있다.

[출처] 우종민 저, '마음력'

분노 관련 심리학에서 15라는 숫자는 매우 의미 있는 숫자이
다. 조직에서 긍정적 감정보다 부정적 감정의 전파속도는 15배,
분노 폭발 후 15초가 지나면 분노 물질 분해를 시작하여 15분
후면 사라짐, 분노 폭발 때 15초간 심호흡하며 상황에서 벗어나
기… **그러므로 15초를 기억하고 15초만 참아내자.** 스트레스가
발생했을 때 분노를 표현하면 화가 줄어드는 것이 아니라 더 쌓
이고 분노에 대한 역치가 낮아져 나중엔 사소한 일에도 화를 내
게 된다. 화는 내면 낼수록 습관이 된다. 화를 내면 뇌에서 스
트레스 호르몬이 분비되는데 분비된 호르몬이 다시 뇌를 자극한
다. 확대재생산 즉 악순환이 고리가 만들어지는 것이다. 그래서
화를 낼수록 더 울화가 치밀어 오르고 분노는 계속 커진다. 이
점을 꼭 기억하자. 자기 자신을 보호하기 위해서라도.

동해안 영일만 해변, 끝없이 펼쳐진 파란 파도와 하늘

티베트 불교 달라이 라마 14세인 텐진 갸초가 저술한 '화를 말하다'라는 책에 재미있는 이야기가 적혀있다.

티베트의 스승들이 제자들에게 종종 들려주는, 은둔 수행자와 양치기에 관한 이야기가 있다. 은둔 수행자가 산속에 홀로 살고 있었다. 어느 날, 수행자가 수행하던 동굴 앞을 한 양치기가 지나게 되었다. 호기심에 양치기가 수행자에게 소리쳐 물었다.

"아무도 없는 이곳에서 혼자 뭐 하세요?"

수행자가 대답했다.

"명상을 하오."

"무엇에 대해 명상하세요?"

"인내에 대해서."라고 수행자가 대답했다.

짧은 정적이 흘렀다. 잠시 뒤 양치기는 그곳을 떠나기로 결심했다. 떠나려던 양치기가 갑자기 몸을 돌려 수행자에게 이렇게 소리쳤다.

"지옥에나 떨어져라!"

"뭐라고? 너나 지옥에 가라!" 하고 수행자가 맞받아쳤다.

양치기는 웃으면서 수행자에게 인내심을 가지라고 일깨워 주었다.

[출처] 달라이 라마 저, '화를 말하다'

분노 조절을 위한 실천사항

1. 분노 상황과 자리를 일단 벗어나기!

- 화나는 상황에서 일단 가능한 한 빨리 벗어나세요.

"분노 상황에 계속 있으면 더욱 증폭되기 쉬움"

2. 분노 제거 버튼 누르기!

- 셋을 세면서 3초간 생각 정지(생각 정지 버튼 작동)

- 15초간 호흡에만 집중 심호흡(분노 제거 버튼 작동)

"15초는 분노를 가라앉힐 수 있는 '골든타임'"

3. 전두엽 강화하기!

- 운동으로 전두엽 활성화, 충분한 수면으로 호르몬 균형

- 명상으로 뇌에 세타파 발생, 좋은 사람들과 대인관계

"달콤한 음식으로 세로토닌 촉진, 단백질 음식으로 도파민 분비"

구례 섬진강 강변, 조용히 불현듯 찾아온 봄

몸을 따뜻하게…
'체온 1도의 비밀'

[상황] 김 과장의 체온은?

우리의 김 과장. 오늘도 원룸에서 알람 소리에 새벽잠을 깬다. 추운 방에서 자고 일어나 대충 씻고, 샌드위치 하나 먹고 급히 출근하면서 누구나 마시는 '얼죽아' 한 잔. 어제 부장님께 보고한 자료에 추가 사항이 더블로 붙어 돌아왔다. 스트레스 만땅이다. 저녁에 박 대리와 소주 한 잔… 아니, 5병. 어떻게 집에 왔는지 잠을 어떻게 잤는지 생각이 나질 않는다.

'췌장암 4기에 체온 상승 치료요법으로 암을 극복했어요. 체온을 올리는 치료법으로 고혈압과 당뇨병이 좋아졌어요. 늘 우울했는데 체온 관리를 잘해서 삶의 활력을 되찾았어요.'

당신은 어떻게 생각하시나요? 체온을 관리하는 것이 건강을 좋아지게 할 수 있을까요? 인체는 신비롭고 미지의 영역이므로 체온과 건강에 대한 논란이 의학계에서도 일부 있는 것이 사실이다. 그러나 많은 자연 치료, 대체의학에서 몸을 따뜻하게 하는 것이 건강에 좋다는 것은 입증되고 있다.

따뜻한 세상을 만들어 가는 한 꼭지로 '나에게 따뜻함 주기'를 정하였다. 내 마음에 따뜻함 주기는 앞에서 자신을 따뜻하게 감싸는 자존감 세우기, 그리고 마음을 다스리는 분노 내려놓기를 이야기했다면 이번에는 우리의 신체를 직접 따뜻하게 하는 체온 관리가 어떻게 우리에게 도움을 주는지를 함께 살펴보고자 한다.

흠… '나의 몸에 따뜻함 주기', 모든 세상 원리가 그렇듯 체온도 균형과 조화가 필수다. 적정 체온의 유지라는 전제하에 정상 체온 36.5도를 중심으로 약 −2도~+2도 사이의 체온에서 어떤 변화가 생길지를 집중해 보자. 결론부터 이야기하면 **체온이 1도 낮아지면 인체 면역력이 30% 떨어지고, 체온이 1도 올라가면 면역력이 무려 5배나 올라간다.** 체온이 낮아지면 온갖 질병과 면역력 저하로 암 발생이 증가한다. 체온이 증가하면 암, 고혈압, 당뇨, 우울증까지도 치료가 가능하다.

한의사 선재광 박사는 '면역력과 생사를 결정하는 체온 1도의 기적'이라는 책에서 체온 관리의 중요성에 대해 자세히 기술하고 있다. 만성질환에서 벗어나려면 체온을 1도 높여라. 우리 몸의 면역체계는 정상체온인 36.5도 이상에서 왕성하게 활동한다. 이는 심부 온도 37도 이상을 말한다. 그런데 현대인의 체온을 측정해 보면 35도 대에 머물고 있다. 체온이 떨어지면 면역력도 떨어진다. 체온이 1도 낮아지면 인체 면역력이 30% 떨어지고, 체온이 1도 올라가면 면역력이 무려 500%나 높아진다는 점이 의학계에서 밝혀졌다. 더불어 현대인의 90% 이상이 저체온 상태라는 점도 드러났다. 체온이 떨어지면 혈관이 수축하고 혈류의 속도가 떨어지게 된다. 그 증상으로 머리가 늘 묵직하고 종일 개운함을 느낄 수가 없다.

이러한 체온을 조절하는 기관이 바로 자율신경계이다. 자율신경계는 교감신경과 부교감신경이 있다. 위협이 발생하면 교감신경이 긴장하여 혈압과 혈당을 일시에 올리고 혈관이 수축하여 체온이 떨어진다. 위협에서 벗어났을 때는 부교감신경이 나서서 몸이 긴장을 풀고 느긋해지도록 하며, 체온도 정상으로 되돌린다. 현대인은 수많은 스트레스 상황에서 긴장의 시간이 길고 이완의 시간이 적어져서 결과적으로 체온이 저하되게 된다.

몸에 이상이 생기면 가장 먼저 체온이 오른다. 몸에 들어온 병균과 싸우기 위해 면역체계가 스스로 온도를 높이는 것이다. 암세포만 정확히 찾아 파괴하는 역할을 하는 면역기능이 체온 저하로 약화되면 암세포가 증가하게 된다. 면역학자 아보 도오루 박사는 '알기 쉬운 체온면역학'에서 다음과 같은 사례를 소개했다. '암으로 3개월밖에 살지 못한다는 선고를 받은 사람이 인플루엔자에 걸려 39도의 고열로 일주일 동안 앓았다고 한다. 암 때에 체력이 저하된 상태라 다들 걱정했는데 뜻밖의 일이 일어났다. 검사를 받아보니 암세포가 모두 없어진 것이다. 그 사람은 암이 전신에 퍼져 있었는데 간장, 전립선 그리고 뼈와 림프에까지 전이됐던 암이 싹 사라졌다.' 이에 따라 몸에 열이 나게 하여 암세포를 치료할 수 있다는 주장이 설득력을 얻게 되었으며, 암 환자에게 체온을 높이는 데 중점을 두는 온열요법도 활발히 시행되고 있다.

그러면 어떻게 하면 체온을 올릴 수 있을까? 생활 습관을 바꿔야 체온이 올라간다. 우리 몸에서 만들어 내는 열의 22%가 근육에서 나온다. 달리기를 하거나 운동을 하면 땀이 나는 이유다. 운동은 가장 좋은 방법의 하나다. 주변 온도를 관리하는 것도 중요한 요소다. 저녁에 잠잘 때 체온을 빼앗기지 않을 정도의 적절한 온도 관리는 매우 중요하다. 여름철이라고 실내 온도를 너무 낮게 관리하면 냉방병에 걸리는데 이 또한 좋지 않다. 계절의 온도변화에 적절히 적응하면서 사는 것이 몸에 좋다. 과식은 순간적으로 모든 혈액을 소화작용에 집중시킴으로써 체온을 저하한

다. 과식은 여러 가지 측면에서 좋지 않으며 체온관리 차원에서
도 그렇다. 심리상태도 중요하다. 만병의 근원 스트레스. 걱정
을 내려놓고 자신의 마음을 따뜻하게 보살피는 심리적 안정이 체
온 관리에 중요한 요소이다. 때때로 사우나로 체온을 올리는 것
이 필요하며 수시로 족욕 등을 통해 몸의 열을 순환시키는 것도
크게 도움이 된다. '머리는 차게 하고 발은 따뜻하게 하며, 위장
은 가득 채우지 말라.' 전설의 명의 편작이 가족에게 남긴 유언이
라고 한다. 아마도 평생 의술을 압축한 말이었을 것이다.

[출처] 선재광 저, '체온 1도의 기적'

세포의 암발생 메커니즘에 대해 좀 더 깊이 들여다보기로 하
자. 세포는 유해인자에 의해서 손상을 입으면 DNA가 손상된
다. 복구 기능이 잘 작동되면 정상세포로 다시 복구되지만 잘 안
되면 사멸하거나(노화), 종양으로 발전한다(암세포). DNA를
변화시키는 인자는 자외선, 적외선, 화학물질, 바이러스, 방사
선, 흡연 등 다양하다. 통제할 수 있는 인자 중 금연을 권하는 이
유이다. 정상체온에서 1도 낮으면 손상된 DNA의 복구가 잘되
지 않고, 체온이 1도 높아지면 DNA 복구 단백질 형성이 촉진된
다. 암 치료 방법 중 온열치료가 많이 사용되고 있다. 대표적인
온열치료는 고주파온열 암치료가 있다. 정상세포는 47도까지 견

디고, 암세포는 38~42도에 사멸한다. 그러므로 종양에 전기에너지를 가해 42~43도를 유지하여 암세포를 사멸시킨다.

　마음에 따뜻함을 전하는 것을 넘어 몸을 직접 따뜻하게 함으로써 자신의 건강을 돌볼 수 있다니, 따뜻함은 우리 삶의 전부가 아닐까?

체온을 올리기 위한 실천사항

1. 잠자는 침실 온도 따뜻하게 관리!

- 잠자리는 포근하고 따뜻하게 자기만의 최적화

※ 아침에 따뜻한 물로 샤워, 낮이나 저녁엔 족욕

2. 따뜻한 음식 먹기!

- 따뜻한 차, 따뜻한 음식 먹기 (얼죽아는 그만)

- 과식 금지 (과식은 위에 과잉 노동, 체온 저하)

3. 유산소 운동하기!

- 땀 흘리는 운동으로 근육과 세포를 활성화, 열을 발산

※ 그 외 스트레스를 받지 않도록 심리관리, 상황관리

경북 청송 주왕산 주산지, 평온하고 따뜻한 봄날

우리의 삶을 따뜻하게 하는
'공동체'

> **[뉴스1] 이유도 모른 채 당하는 '묻지 마 폭행' 매일 3건**
> 사회를 향한 적대감이나 남에 대한 분풀이로 전혀 상관없는 사람을 때리는 '묻지 마 폭행' 사건이 전국에서 매일 3건씩 발생하는 것으로 집계됐다. 14일 경찰청이 국회 행안위 소속 국회의원에게 제출한 '이상동기범죄대책' 문건에 따르면… (연합뉴스, '23.8.14)
>
> **[뉴스2] 매년 100명 중 1명 고독사, 5060 남성이 약 50%**
> 보건복지부 고독사 실태조사 시행 결과, 고독사 발생률 5년 사이 40% 증가, 남성이 여성보다 4배 많이 발생, 극단적 선택 비율이 절반에 달해… 지역사회 연결고리 구축해야… (동아일보, '23.1.4)

우리 사회의 뉴스를 보면 우울해진다. 묻지 마 폭행이나 고독사 문제가 과연 남의 일일까? 나와는 무관한 일일까? 세상은 모두 연결되어 있고 돌고 돌아 나에게도 영향을 준다. 나비효과 이론으로 해석해 보면 어쩌면 나로부터 출발한 일일지도 모른다.

함께 만드는 따뜻한 세상 이번 주제는 '공동체'이다. 그런데 난 자신이 없다. 내가 과연 공동체를 논할 수 있을지. 그럴 자격은 있는지…. **따뜻한 세상을 만들어 가는 핵심이 공동체적 삶인데…. 공동체가 무엇인지를 정확히 이해하고 있는지도 모르겠고, 내가 공동체적 삶을 살고 있는지는 더욱 자신이 없다.**

내 앞에 당면한 현실과 이기적인 생각으로 인하여 가슴속에서부터 뜨겁게 공동체로 함께 살아가고 있지 못하고 있고…. 그러기에 공동체를 논하는 것은 더욱 부끄럽고 어렵다. 그럼에도 불구하고 우리네 삶이 서로 이해하고 돕고 바라보며 응원하는 삶이어야 한다면, 우리는 아니 나는 하나도 모르는 공동체에 대해 그래도 정리해 보고자 한다. **공동체라는 단어를 머리에 생각하고 말하는 것만으로도, 좀 더 나아가 누군가와 공동체적 삶을 위해 어떤 일들을 해야 할지를 토론하고 고민해 본다는 측면만으로도 의미가 있을 것이므로**, 용기를 내서….

우선 대표적인 공동체 삶의 사례에서 출발해 보자. 행복지수 1위 '덴마크', 그 비밀은 무엇일까? 행복해지고 싶다는 갈망 속에 행복을 찾아 나설 때 접한 소중한 책 한 권이 있었다. 2016년 4월에 읽은 **오마이뉴스 오연호 기자가 쓴 '우리도 행복할 수 있을까'라는 책**이 바로 그것이다. 떨리는 마음을 진정시키며 읽었고 당장 덴마크로 달려가고 싶었다. 아니, 오마이뉴스의 오연호 기자를 당장 만나고 싶었다. 8년이 지난 지금 다시 꺼내어 읽으니 다시 가슴이 시리고 설렌다.

덴마크가 행복지수 1위를 지키고 있는 것은 무엇일까? 한국은 150여 개국 중 57위. 덴마크에는 행복한 사회, 일터, 학교를 만드는 6가지 키워드가 있다. '자유', '안정', '평등', '신뢰', '이웃', '환경'. 덴마크인들은 외롭지 않다. 바로 이웃이 있기 때문이다. 이웃 간의 유대가 있다 보니, 이것은 일상을 넘어서 다양하게 확장된다. 특히 덴마크는 북유럽 국가들 가운데서도 가장 돋보이는 협동조합의 나라이다. 이 협동조합은 이웃들 간에 촘촘하게 이루어진 사회안전망이 되어서 소외감과 외로움을 방지하고 서로 간의 유대감과 행복감을 뿌리내린다. 덴마크는 협동조합이 덴마크 내 소매시장의 36%를 점유하고 있다. 이렇게 협동조합을 만들게 되고 유지할 수 있는 이유는, 덴마크 사회에 뿌리 깊게 내려진 **'이웃 간의 신뢰'**가 있었기에 가능하다. 이런 '이웃 간의 신뢰'는 굉장히 중요한 의미를 갖는다. 덴마크의 여러 협동조합과 다양한 시민참여로 인한 사회적 모임, 그러한 사람 사이의 끈끈함이 덴마크 사회의 행복을 지속해서 유지시키고 있다.

[출처] 오연호 저, '우리도 행복할 수 있을까'

이웃 간 서로 신뢰하고 의지하고 그래서 안정감 있고, 직업에 평등한 나라…. 우리가 꿈꾸는 삶의 모습을 닮은 덴마크는 공동체를 논의하는 첫 번째 사례가 되기에 충분하다. 앞으로 더 많이 함께 연구하고 배워나갈 대상이다. 전 국민이 이 책을 모두 읽는다면 이 꿈은 반드시 이루어지지 않을까? 모두의 생각이 일치하게 될 테니….

두 번째 사례로 우리나라 서울시 마포구의 성미산 마을 사람들 이야기다. 세계에서 덴마크를 행복한 삶의 모델이라고 한다면, 우리나라에는 아주 작은 공동체 '성미산 마을'이 있다.

공동육아 성미산 어린이집에서 출발한 마포구 성산동에 위치한 '성미산 마을'. 마을 사람들이 서로 이름 대신 별명을 부르고 독립적인 공동체를 형성하면서 공동육아를 통해 행복을 실현해 나가는 마을과 마을 사람들…. 여기서 특히 더 의미 있는 점은 서울시 한복판에서 공동체를 형성하고 있다는 점이다. 공동체라고 하면 대개 농촌에서 협동농장 개념을 생각하기 쉬운데 말이다. **성미산 마을에 관한 많은 책과 자료들이 있다. 그중 '성미산 마을 사람들'(윤태근 지음)을 추천한다.**

세 번째 사례로 우리나라 전통적인 공동체 모임인 두레를 들

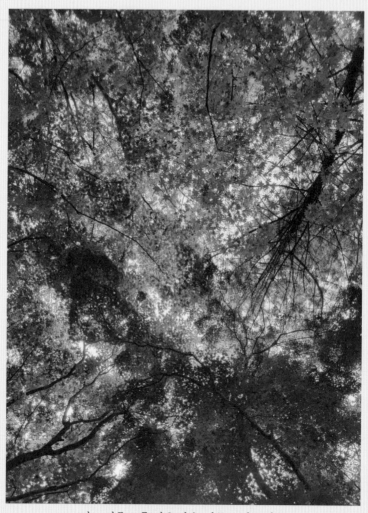

어느 이름 모를 깊은 산속, 나무 그리고 하늘

수 있다. 두레는 농촌에서 농사일을 공동으로 하기 위하여 향촌 주민들이 마을·부락 단위로 둔 공동 노동 조직이다. 부조·공동오락·협동노동 등을 목적으로 마을 단위로 조직되었다. 농사철에는 서로 협조하여 농사에 힘썼고, 기쁜 일이 있을 때는 여러 가지 놀이를 하며 함께 즐겼다. 두레는 마을의 모든 농민이 그 마을의 경작지에 대해 자타의 구별 없이 일제히 조직적으로 집단 작업을 하는 조직이며, 각 집의 경지 면적과 노동력에 따라서 나중에 임금을 결산하여 주고받는 공동 노동의 형태이다. 이처럼 노동 협업(協業)의 성격을 띤 공동노동은 한국에서 장기간에 걸쳐 농촌 경제를 지배해 왔던 조직이었다. 이제는 농촌 마을도 많이 변했고 과거 두레와 같은 공동체도 많이 퇴색되었다.

세상을 더 아름답게 모두가 살 만한 곳으로 모두가 더 행복하게 만들고 싶다면, 그러한 세상을 만들어 가는데 나는 그리고 우리는 무엇을 해야 할까. 하나하나의 생명체는 모두 고귀하고 자체로서 존재가치를 갖고…. 그러한 모두가 평온하고 행복하게 살아가기 위해 우리는 무엇을 해야 할까? 나는 그 해답이 따뜻함에 있다고 생각한다. 나 자신에게 따뜻하게 대하고 모든 너(상대, you)에게 가족에게 친구에게 삶을 함께 살아가는 동료에게 따뜻하게 대할 때 우리는 모두의 삶을 더 행복하게 만들 수 있다. 나아가 우리 공동체 삶 전체를 안정되고 아름답고 행복하게 만들 수 있다. 최소한 그러한 목표로 한 방향으로 서로 힘을 모아야 가능해질 것이다. 공동체 삶은 연결성을 갖고 있고 사회 전체에 기여하며, 지속해서 공동체가 확산될 것이다. 나아가 공동체는 더 큰 지역사회로 확대되어 국가, 인류공동체로 개념이 정립될 것이다.

인간의 삶에서 최고의 가치와 선은 무엇일까? 그것은 바로 인류 전체의 공동 이익을 추구하는 것이 아닐까? 개인이나 소수의 이익과 권리를 무시하거나 차별하지 않는 가운데… 가능한 공동의 이익과 번영을 위해 모두 생각과 힘을 모으는 것…. 이것이 인류의 삶의 가치라고 생각한다. 이러한 공동체적 삶의 실행 방안에는 어떤 것들이 있을까?

서울대 이재민 박사는 '마을 공동체 만들기'라는 책을 통해 공동체에 대한 견해를 다음과 같이 이야기하고 있다. 한 여배우의 사망 소식과 고독사, 묻지 마 폭행 등 사람 간 관계가 단절되는 '무연사회'로 진입하는 사회적 상황은 매우 심각하다. 마을공동체 활동의 의미와 가치는 다양하게 발현한다. 하지만 공동체 활동에서 개인이 감수해야 하는 작은 희생들이 있다. 어쩌면 개인에게 큰 희생일 수도 있으므로 개인적인 이해에 대한 양보와 배려가 필요하다. 지속할 수 있는 마을공동체를 위해서는 주민 자치 수준의 적극적인 주민 참여가 이루어져야 한다. 마을공동체 활동을 통해 마을의 정체성이 더욱 강화되어야 하며, 아파트 공간의 마을공동체 활동도 장려되어야 한다. 마을공동체 조직은 마을 주민, 행정기관, 전문가 집단의 선순환 체계를 구축할 때 지속 가능한 마을공동체가 될 수 있다.

지속가능한 마을공동체가 되기 위한 가장 중요한 요소는 주민 참여이며 단순히 참여하는 수준이 아니라 마을공동체 활동을 기획하고 운영하는 주민 자치 단계 수준의 참여가 이루어질 때 지속 가능성이 커진다. 마을공동체 활동을 통해 마을 정체성이 더욱 강화되거나 새로운 마을 정체성이 개발될 수 있다. **현대사회의 주거 형태 중 가장 큰 비율을 차지하는 아파트에서도 마을공동체가 실현될 수 있도록 노력해야 한다.** 아파트 거주의 제약 요건으로 인해 공동체를 형성하기가 매우 어렵지만, 주민 전체의 공동 문제점 등을 중심으로 공동체 의식을 가질 수 있도록 다양한 모색이 필요하다. 마을공동체에 참여하는 주민들은 마을과 공동체에 대한 확고한 철학과 가치관을 바탕으로 임해야 하며, 지속적인 학습을 통해 계속해서 생산적이고 긍정적인 공동체 활동이 무엇인지를 성찰하고 실천해야 한다. 마을공동체는 공동체 생활의 출발점이다. 이재민 박사는 저서에서 마을공동체에 대한 방향을 잘 제시해 주고 있다.

[출처] 이재민 저, '마을 공동체 만들기'

경주 불국사 뒤 토함산 길, 자연과 길이 조화롭다

마을공동체 활동가이자 함께하는사회연구소 소장인 **구현주** 소장은 저서 **'공동체 감수성'**에서 공동체에 대한 현장의 체험을 바탕으로 본질적인 문제들을 다음과 같이 기술하고 있다. 모두가 이해하고 알고 있다고 생각되는 공동체, 커뮤니티라는 단어는 막상 설명해 보라고 하면 쉽지 않다. 공동체를 경험하기 어려운 이유가 뭘까? 사람들의 본성이 이기적이기 때문에 서로 양보하고 협동하는 공동체를 이루기 어렵다고 말하는 사람들이 있다.

비극으로 치닫지 않기 위해 어떻게 해야 하는가? 사람들이 '이기적 유전자'를 갖고 있으니, 사회가 유지되기 위해서는 관대함과 이타주의를 가르쳐야 한다는 리처드 도킨스의 주장에 힘이 실린다. 또한 개릿 하딘이 강조하는 것처럼 '모두의 파멸을 막기 위해서 개인의 자유를 제한해야 한다.' 어선별 고기의 포획량을 제한하고 공유 목초지에 풀 수 있는 가축의 수를 정하는 사회의 규율이 중요해진다. **이기적인 인간들의 치열한 생존경쟁 속에서 사회 진보가 이루어진 것이 아니고 오히려 상호부조를 통해 사회제도가 발전되어 왔음을 주장한다. 즉 개인은 서로 돕고 사는 공동체 구성원이라는 것이다. 공동체를 이루어 사는 삶이야말로 가장 넓은 의미의 생존경쟁에서 가장 강력한 무기가 된다.**

인간은 다른 사람과 소통하고 조율하는 가운데 '공동체를 이루며 살아갈 수밖에 없는 존재'이다. 따라서 공동체는 숨을 쉬듯 인간에게 필수적이며 본능적인 요소다. '마을 공동체사업'에 던지는 첫 번째 질문은 바로 여기에서 시작된다. 마을은 사람들이 사는 곳에서 서로 관계 맺는 자연스러운 현상인데 어떻게 만들어지는 것이라고 할까? 의도적인 공동체의 형성이 가능하다면 국가나 단체 특정인이 기획하여 공동체를 형성하고 활성화시킬 수 있을까? 도시에서 공동체는 형성되고 성공될 수 있을까? **아파트 단지에서 '엘리베이터에서 인사하기' 캠페인을 한다는 것은 그만큼 이웃과 인사 나누는 것이 어색한 사회가 되었다는 증거이기도 하다. 도시는 '낯선 사람들이 만나는 장소'가 되었다.**

달라진 공동체의 특성이 오늘날 도시사회 문제의 배경이 되었다. 기존 공동체의 상호 정서적 연대가 깨지고 다양한 인종과 문화적 배경의 사람들이 피상적 관계를 맺기 때문에 농촌 사회보다 도시사회에서 개인의 정신쇠약, 자살, 비행, 범죄, 부패 및 무질서 등의 아노미 현상이 더 많이 나타날 수밖에 없다. 이러한 주장은 오늘날 한국 사회의 마을공동체 사업이 추진되는 배경에서도 쉽게 찾을 수 있다. **서울이 '파편화된 개인들의 도시'가 되고, '층간 살인이나 성범죄, 은둔형 외톨이' 같은 도시 문제나 '시민들의 긴장 상태, 또는 적대의 심리'를 낳게 된 바탕에는 공동체의 붕괴가 있다.** 도시화가 진행될수록 기존 공동체 해체는 가속

화되지만, 새롭게 만들어지는 도시사회 공동체는 많은 부조화와 모순을 안고 있으므로 사회문제는 더욱 심화된다.

사람들은 자신들을 방어하기 위해 공동체 외부를 향해서는 더 폐쇄적이지만, 공동체 내부에서는 더 끈끈하게 연결된다. 급속한 도시화, 산업화는 다양한 사회문제를 양산했다. 사회문제에 대한 해결은 다시 공동체를 살리는 것이다. 여러 공동체들이 서로 폐쇄적이어서는 안 되며 더 큰 틀에서 공동의 이익을 위해 공통분모를 찾아 더 큰 공동체를 지향해야 한다. 아파트를 중심으로 한 현대 사회에 살고 있음에도 마음속 갈망은 시골 고향마을을 향하듯 공동체 삶에 대한 갈망이 내재되어 있다. 공동체에 대한 논의, 공감대 형성이 출발점인 이유다.

일단 공동체가 만들어지면, 공동체의 안과 밖이 생긴다. 연대, 결속, 친밀감 등과 같은 감정은 공동체를 구성하는 핵심 요소다. 그러한 감정은 공동체 구성원에게 안정과 편안함을 준다. 그러나 '우리'에 들어오지 못한 밖의 사정은 어떠한가? 공동체란 다른 것을 희생시키면서 하나의 특수성을 보편화하려는 시도이다. 현장에서는 공동체의 내부 결속을 높이기 위해 새로운 참여자를 제한해야 한다는 의견도 있다. 공동체가 뭉치기 위해서는 서로의 가치와 방향이 공유되어야 하는데 새로운 참여자는 기존 가치를 이해하지 못하거나 수용하기까지 오랜 시간이 필요할 수 있기 때문이다. 그러나 공동체를 버려야 공동체가 된다는 말이 있는 것처럼 공동체가 공론장으로 전망을 갖기 위해서는 '모두에게 열린 쫒(open)'을 실현해야 한다. 잘되는 공동체는 문이 늘 열려있다.

공동체는 낯선 것이 아니라 여럿이 함께 살아가는 삶 그 자체이기 때문에 우리가 살아가는 데 연결된 모든 것들이 공동체에 맞닿아 있다. 공동체는 여성, 어린이, 노인, 장애인, 성소수자 등 다양한 구성원들로 이루어지기 때문에, 그리고 그들이 처해 있는 상황이 취업준비생, 플랫폼 노동자, 경력단절 여성처럼 불안정하기 때문에 다양한 사회적 운동 흐름과 만날 수 있다. 공동체가 자리 잡은 공간에 관심을 두면 개발과 환경 문제, 도시계획, 안전과 치안 등에 집중할 수 있다. 소박한 일상의 관심과 문제만이 아닌 거시적이며 추상적으로 느껴지는 담론도 우리의 삶과 접점을 이루어 함께 논의될 수 있다. 경제, 기후 위기, 인권 등도 주제로 삼아 활동을 모색할 수 있다. 저마다 삶의 모습은 다르지만, 삶의 환경을 공유하고 있기에 마을공동체는 몇몇 활동가들의 장으로 국한되지 않고, 모든 사람의 활동으로 확장될 수 있다.

공동체를 만든다는 것은 삶에 관한 이야기를 함께하는 것이고,

공동체 활동은 삶과 관계된 온갖 것들에 대한 장을 여는 일이다. 이 때문에 우리는 어떻게 살기 원하는지를 서로 물어야 한다. 삶의 방향을 설정하여 내가 혼자 해낼 수 있는 것들도 있지만, 함께 바꾸어야 할 삶의 환경들도 있다. 어떻게 살아야 하는가의 시작은 내가 살아가고 있는 공간을 사색하는 것에서 출발할 수 있다. 그리고 '무엇을 어떻게 연결해야 하는가?'에 대해 함께 고민하고 시도함으로써 성장할 수 있다. 마을공동체 활동가인 구현주 소장의 이와 같은 견해와 다양한 노력은 공동체를 연구하고 추진하는 데 큰 도움이 될 것이다.

[출처] 구현주 저, '공동체의 감수성'

즐겨 보는 TV 방송에 '자연인'이라는 프로그램이 있다. 자연인조차도 사람들과 어울리고 TV에 방송되면 즐거워한다. 우리 모두 마찬가지다. 우리 인간은 혼자서는 살아갈 수 없다. 늘 누군가와의 만남과 소통을 궁극적인 목표로 삼는다. 본 글 서두에 적은 것처럼 나는 공동체를 모른다. 이에 이 글을 읽는 여러분이 공동체적 삶에 대해 함께 생각하고 아이디어를 만들어 내는 계기가 되길 희망해 본다. **이웃과 함께 살아가는 공동체 또한 진정으로 이웃과 타인을 따뜻한 마음으로 이해하고 지구촌 안에서 함께 살아간다는 점을 기억하고 공감**하는 데서부터 출발해야 하지 않을까?

공동체적 삶을 위한 실천사항

1. 이웃 간 서로 인사하기

- 엘리베이터에서… 상대에게 부담 없는 범위에서 따뜻한 미소와 가벼운 눈인사

- 마을 동네의 가까운 분들이라면 미소와 함께 큰 목소리로 인사하기

2. 서로 마음의 벽 허물기

- 나를 내려놓고 경계심을 풀고 상대의 말에 귀를 기울이고…

3. 이웃의 작은 일상에 관심 갖기

- 따뜻한 마음으로 따뜻한 시선으로 이웃의 아픔, 어려움에 관심과 지원하기 그리고 함께하기

4. (   )

- 각자의 삶에서 이웃과의 공동체를 생각하면서 아이디어를 적어 보시길…

국회도서관 앞 분수, 작은 폭포와 분수의 조화

지도자, 리더, CEO
그들의 덕목은?

[유머1] 국회의원에 당선되면 세 번 놀란답니다.

첫째 나 같은 사람도 뽑히는구나 하고 놀라고

둘째 국회에 들어가 보니 대부분 나랑 같다는 데 놀라고,

셋째 그럼에도 불구하고 나라가 돌아가니 놀란답니다.

[유머2] 정치인들의 행태에 격분한 한 신문이, '정치인들의 절반은 협잡꾼'이라는 제목으로 비판 사설을 실었다. 그러자 저명한 정치인들이 노발대발하며 사과를 요구했다. 버티다 못한 신문은 다음과 같이 정정 게재했다. "정치인들의 절반은 협잡꾼이 아니다!"

우리 사회의 리더, 지도자의 대표적인 대상이 정치인이어서인지 정치인에 대한 유머는 넘쳐난다. '24.4.10일 제22대 국회의원 선거가 끝났다. 국민이 바라는 희망하는 정치, 이번 22대 국회에서는 좀 더 잘할 수 있을까? 정치인을 포함하여 우리 사회의 리더 계층 즉 조직에서의 리더, 정치에서의 지도자, 작게는 가정

에서의 리더에게 요구되는 덕목은 무엇일까? 리더, 지도자는 누구를 말할까?

　당신은 리더입니까? 함께 만들어 가는 따뜻한 세상 이번 주제는 정치를 중심으로 리더, 지도자에 대해 이야기를 해보고자 한다. **정치가 아무리 문제가 많다고 여겨지더라도 우리의 삶에서 분리하여 생각할 수 없는 중요한 영역이고, 우리 개인의 삶의 가치와 행복에 직접적인 영향을 주기 때문이다.**

　역사적으로 존경받는 지도자, 통치자, 리더는 어떤 사람들이었는가? 그리고 역사적으로 지탄을 받은 최악의 지도자는 누구였는가? 국가를 통치하거나 국민을 대변하는 정치인들은 **국민이 가장 평온하고 안정감 있게 삶을 유지하도록 하는 것이 중요하다.** 중국에서 가장 태평성대를 맞이한 시기를 요순시대라고 한다. 요순시대 정치는 선양(禪讓)이라는 정권 이양 방식으로 다툼이 없었다. 선양은 당시 가장 도덕을 갖춘 사람을 임금으로 추대하는 방식이었다. 정치를 하고자 한다면 개인과 소속 정당의 이익에 집중하지 않고 국민과 국가 그리고 인류 전체의 삶에 대한 깊은 고뇌와 성찰에서 출발하여야 할 것이다. 즉 사적 이익이 아닌 공적 이익, 공공성, 대중성에 집중하고 집단 간 이익의 갈등을 잘 해결하고 화합하고 협력할 수 있는 정치인, 따뜻한 영혼을 가진 정치인, 국민과 국가에 헌신할 수 있는 정치인, 그런 정치인이어야 한다. 국민은 정치가 있는 줄도 모르게 가랑비에 속옷 젖듯이 존재감이 드러나지 않게 세상을 통치하고 조율할 수 있어야 한다. 그것이 정치라고 생각된다.

　지도자, 리더는 정치에만 있는 것이 아니다. 기업의 CEO를 포함하여 직책을 갖고 조직을 이끌어가는 모든 리더가 해당될 것이다. 현대사회 기업은 정치만큼 아니, 그 이상으로 인류의 삶에 중요해졌다. **기업이 어떤 철학과 덕목을 갖고 기업을 운영하느냐 기업의 리더들이 어떤 가치관으로 무장되어 있느냐, 기업이 어떤 제품과 서비스를 인류에게 제공하느냐에 따라 인간의 삶과 삶의 터전인 지구는 영속성 측면에서 크게 영향을 받을 것이다.** 사회단체를 포함하여 인간이 2명 이상 모이는 곳에는 누군가 의사결정을 하고 리드하는 사람이 필요하다. 작게는 가정에서 가장도 중요한 리더다. 우리의 삶에 리더는 늘 있고 그러므로 바로 당신도 이미 리더일 것이다. 그러므로 우리 모두는 리더, 지도자의 덕목이 무엇인지 함께 고민하고 실천하고 늘 경계해야 한다.

　설령 리더가 아니라도 우리는 우리의 지도자 리더가 어떤 사람이 되어야 하는지, 어떤 덕목을 갖추어야 하는지에 깊은 관심을 가져야 한다. 리더를 뽑을 때 예컨대 선거기간에 철저하게 검증

하고 반드시 투표권을 행사하여 우리가 원하는 리더를 뽑아야 한다. 그것이 바로 민주주의를 유지시키는 방법일 것이기 때문이다. 당신은 최근 선거에서 투표하였는가? **우리의 삶에 가치와 행복을 지켜줄 따뜻한 영혼을 가진 인물을 잘 선택하였는가?**

따뜻한 영혼을 가진 리더, 지도자. 간디, 넬슨 만델라, 링컨, 처칠 등 세계적으로 존경받는 지도자들은 자신의 이익이 아닌 국민과 국가 인류 즉 공공의 선, 공공의 이익에 집중하였다. 이러한 따뜻한 영혼의 소유자가 강한 리더였다. 역사적으로 그들이 결국 성공하였고 영원히 기억에 남는 지도자가 되었다. **'인류여 따뜻하고 강한 영혼을 가진 리더를 찾아 추대하라.'**

차가운 영혼의 소유자가 지도자가 되면 인류는 또는 그 조직은 멸망한다. 히틀러는 차갑고 냉혈한 인간이었고 그가 지도자가 되는 순간 2차대전이 발발했다. 남을 죽여서 내가 살고자 하는 리더가 조직에 온다면, 그는 조직을 내부로부터 파괴하게 될 것이다. 인류는 그러한 지도자를 경계해야 한다. 기업이나 작은 조직에서도 또한 같다. 차가운 영혼을 소유한 리더에게 권력이 집중되면 안 되며 **희생, 봉사, 헌신의 정신과 따뜻한 마음을 갖는 사람들로 객관적이고 보편타당한 생각과 철학을 가진 이들로 채워져야 한다.** 당선되는 순간부터 국민에게 권력을 행사하는 사람이 있다면, 그에게 과도한 권력이 주어진다면, 그런 체계라면 이는 개선되어야 한다.

동심원이 한곳에서 퍼지듯… 한 사람의 생각은 세상을 바꿀 수 있다. 한 사람의 생각은 다른 사람에게 영향을 주고 또 다른 사람에게 퍼져 멀리 돌아 다시 자신에게 그 영향이 돌아올 즈음… 세상은 변화를 경험하게 될 것이다. **"우리는 하나로 연결되어 있다."** **타인의 행동이 돌고 돌아 나에게 영향을 준다. 타인의 행복이 돌고 돌아 결국 나의 행복이 되고 타인의 불행이 결국 나의 불행이 된다.**

인드라의 보석 그물은 상호의존을 아름답게 보여준다. 인드라는 힌두교에서 우주의 신이다. 그는 공 모양의 그물을 사용했는데, 이 그물망의 매듭은 모두 보석으로 되어 있다. 하나의 보석이 빛을 내뿜으면, 그 빛이 다른 모든 보석들에 반사된다. 이렇게 반사된 빛은 처음 빛을 내뿜은 보석으로 돌아갔다가 다시 반사된다. 상상해 보라. 우리 각자는 이 보석들 중 하나다. 나와 다른 사람들과 그물 전체가 상호의존적인 시스템 속에서 끊임없이 변화하고 있는 것이다. 나이아가라 폭포처럼 거대한 폭포의 물줄기는 수없이 많은 작은 물방울들이 모이고 모여 강물을 이루고 거대한 물줄기가 아래로 떨어져 에너지를 분출할 때 생긴다.

폭포에서 솟구치는 물방울 안개는 떨어진 듯 서로 연결되어 보석처럼 빛나며 서로를 비춘다.

정치학 박사 김영명 교수는 저서 '정치란 무엇인가'에서 정치에 대한 전반적인 이해를 중심으로 정치란 무엇이고 무엇이어야 하는지 그리고 세계 정치를 중심으로 미래 방향성을 제시하고 있다. 정치란 떼어낼 수 없는 우리 삶의 일부다. 하지만 한국뿐만 아니라 세계 곳곳에서 정치에 대한 부정적 인식과 혐오가 팽배해 있다. 사람들이 그리는 정치의 이상과 실제로 벌어지는 정치현상이 서로 어긋나기 때문일 것이다. 그러나 우리는 아무리 정치를 혐오해도 정치를 완전히 벗어나서 살 수 없다. 김영명 박사의 핵심 논점을 살펴보면 다음과 같다.

정치란 무엇인가? 정치란 권력을 가지고 무언가를 하는 일이다. 그런데 사람들은 서로 권력을 가지려 하고 이런 권력을 쥐기 위한 싸움은 도덕이나 윤리로 안 되는 면이 많다. 권력은 나누어 가지기 어렵고 집중 또는 독점되는 경향이 강하기 때문이다. 인권의 개념이 없었고 힘의 지배가 만연했던 옛날에는 권력 쟁취 과정이 문자 그대로 피를 요구했다. 사람들은 왜 정치를 비판하고 정치인을 욕하면서 동시에 정치인을 경외하는가? 한편으로는 권력투쟁의 어두운 면을 혐오하면서도 다른 한편으로는 권력 그

자체를 동경하기 때문이다. **어떤 사람의 행동이 더럽다는 것은 남이나 공익을 생각하지 않고 자기 이익만을 추구하여 이를 위해 수단, 방법을 가지지 않는다는 것이고 깨끗하게 행동한다는 것은 자기 이익보다 의리나 진리를 추구하며 남이나 공동체에 봉사하고 이를 위해 윤리적인 수단을 사용하여 법과 도덕을 지키는 것을 의미**할 것이다. 세계정치에서는 국내 정치와 달리 권력투쟁을 순화시킬 정부기관이나 법체계가 존재하지 않으며 존재하더라도 효력이 약하기 때문에 무력 투쟁이 빈번하게 일어난다.

정치는 무엇이어야 하는가. 작은 정치는 권력투쟁의 정치이다. 정치 행위자들이 자신의 개인적인 이익을 위해 싸우고, 자신이 속한 정당이나 집단의 이익만을 위해 싸우는 정치이다. 작은 정치가 공익을 핑계로 사익을 실현하는 것이라면, **큰 정치는 국가 발전의 청사진을 가지고 공공이익을 실현하는 것이다. 결국 정치의 최고 목표는 공익을 정의롭게 실현하는 것이다.** 사회정의의 실현은 재화를 공정하게 분배하고 법과 질서를 합리적인 범위 안에서 유지하며 사회 구성원들 사이의 불평등과 차별을 줄이는 것을 의미한다고 할 수 있다. 한 사회의 다양한 갈등을 해소하고 통합을 이루는 것은 정치의 중요한 기능이다. 우리나라의 정치는 작은 정치일까, 큰 정치일까?

경북수목원 연못 '노랑어리연꽃', 모든 것이 조화롭다

정치의 궁극적 목표는 사회 공동체의 정의를 실현하는 것이다. 다른 말로 표현하면 공공의 이익을 실현하는 것이다. **민주주의 정착 이후 한국 정치가 질적인 향상을 하지 못하는 가장 큰 이유는 사익을 공익보다 앞세우는 정파들의 의식과 행동 때문이라고 해도 과언이 아니다.** 세계정치에서 말하는 현실주의는 국가 이익을 최고의 목표로 추구하는 국가들 사이의 힘겨룸으로 세계정치가 이루어진다는 관점을 토대로 한다. 이에 반해 이상주의는 이러한 국가들 사이에 힘의 투쟁을 완화하고 세계 평화를 이룰 국제법이나 국제규범 또는 윤리를 추구하는 사상이다. 현실주의는 사람의 이기심을 가정하고 이상주의는 이타심을 고양하기를 원한다고 볼 수 있다. 유엔이나 국제기구들을 통한 평화 정착 노력이 나라 사이의 혼탁한 싸움을 완화시키고 있는 것이 사실이다. 현실주의는 주로 힘의 논리에 의존하는 반면 이상주의는 윤리를 중시한다. 정치인은 공익을 더 생각하고 일반 국민은 정치 참여를 포기하지 말아야 한다.

정치의 본분은 사회정의를 실현하는 것이고, 현대사회에서 그것은 민주주의를 통해 이루어진다. 현대사회에서 전체주의 체제의 대표적인 보기가 스탈린 치하의 소련이나 히틀러 치하의 독일인데, 이 체제들은 조지 오웰의 대표작인 '1984'에서 묘사한 가공할 공포정치, 통제 정치에 근접한 모습을 보여주었다. 권위주의 체제들은 이른바 제3세계의 정치 후진국에서 많이 나타나는데, 군부 권위주의 일당독재 또는 개인 통치자에 의한 장기집권 체제 등 다양한 모습을 띤다. 민주주의는 투쟁의 역사였다. **민주주의는 한마디로 '민'이 '주' 즉 주인이 되는 체제를 말한다.** 장 자크 루소는 자기가 살던 당시 영국의 민주주의를 일컬어 영국인들은 선거일에만 자유인이고 나머지 시간에는 노예로 지낸다고 했다. 민주주의의 본질을 볼 때 직접 민주주의가 그 이상에 가장 가깝고 참여 민주주의도 가까이 가려고 노력함을 알 수 있다.

공동체주의는 20세기 후반에 미국 학계를 중심으로 제기된 정치사상 이념이라고 할 수 있다. 그것은 정치 공동체 전체의 안녕과 이익을 중시하고 공동체에 대한 시민의 의무를 중시한다. 공동체주의는 자유주의와 달리 개인의 자유보다는 시민들 사이의 평등을, 개인의 권리보다는 책임을 중시한다. 개인의 자유와 권리 존중이라는 자유주의의 가치를 받아들이면서 동시에 지나친 개인화, 원자화와 이에 따른 사회적 갈등과 인간 소외를 막기 위한 공동체적 윤리를 강조한다고 할 수 있다. 최근에 와서 마이클 샌델이 주창한 '공동체주의적 공화주의'가 주목을 끌고 있다. 이는 자유주의와 개인주의, 시장주의가 번성한 결과 공동체가 붕괴되는 자본주의적 사회 현실을 반영한 것이다. 공화주의의 이념에 공동체적인 요소를 가미한 정치이념인데 개인주의를 벗어난 공동체의 부활을 목표로 한다.

정부의 권위가 생겨나기 전의 상태를 서양 정치사상가들은 '자연상태'라고 했다. 홉스는 자연상태의 무질서를 벗어나기 위해 사람들이 국가를 형성했고 그 국가에 통치권을 부여했다고 한다. 이것이 바로 '사회계약론'이다. 국가는 개인의 목숨과 재산과 안전을 지켜주고 그 대신 개인은 국가에 각종의 권한을 이양하여 통치를 맡기고 주어진 의무를 수행한다는 계약 말이다. 좋은 정부는 국민의 권리와 자유와 민주적 참여를 보장하는 정부이다. 이를 위해 정부는 국민들의 요구와 필요에 잘 반응해야 한다. 시민사회는 정부의 직접적인 영향 아래 있지 않은 민간 집단들로 구성된 인간 활동 영역을 말한다. 시민사회가 발달할수록 민주주의의 발전에 유리하다는 것은 하나의 정설로 되어 있다.

정치인들이 정치의 원래 목적인 사회정의를 잘 실현하기 위해서는 어떤 덕목과 자질을 가져야 하는 것일까? 정치 지도자 더 나아가 지도자인 정치인이 제대로 되기 위해서는 정치인에게 맞는 덕목을 갖추어야 한다. 또 유권자들은 정치인들이 이런 덕목을 갖추었는지 잘 살펴보고 투표해야 한다. **지도자에게 필요한 덕목은 사명감과 책임감, 자질로는 판단력과 통솔력을 들 수 있다. 사명감이 강하다는 것은 사익보다는 공익을, 부분 이익보다**

는 전체 이익을 먼저 생각할 줄 알아야 함을 뜻한다. 그 나라 국민의 수준이 곧 정치의 수준이다. 민주주의를 위협하는 한 요소로 정치체 구성원의 정치적 무관심을 들 수 있다. 과도한 정치적 관심이 문제가 되기도 하지만 무관심은 더욱 큰 위협 요소가 된다는 점을 기억하자.

국가 간 또는 지구 전체에서도 정치현상은 일어나며 이를 국제정치 또는 세계정치라고 한다. 세계정치에는 강제력을 지닌 중앙권위체가 없다. 중앙권위체가 없으니 국제사회의 구성원 들은 일종의 사회계약에 아직 이르지 못하였다. 이를 해결하는 방안으로 한 국가가 막강한 힘을 발휘하는 제국주의, 패권 안정론 등이 대두되었다. 지역별로 동맹을 맺기도 한다. 2차 세계대전 이후 창설된 국제연합은 더 현실적인 평화 유지 방법들을 강구했다. 국제사회에 질서를 부여하는 궁극적인 방법은 세계 정부를 구성하는 일일 것이다. 많은 사람들이 그전부터 이런 꿈을 꾸어 왔다. 그러나 현실은 이를 용납하지 않는다. 국가 외에도 다양한 비국가행위자들이 다양한 여러 분야에서 세계정치에 참여한다. 대표적으로 국제기구, 비정부기구, 다국적기업을 들 수 있다. 국제사회에서 환경, 인권, 여성, 빈민구호 등 다양한 분야에 걸쳐서 활동하는 비정부기구들이 시간이 지날수록 점점 더 큰 역할을 하고 있다. 정치학 박사 김영명 교수는 이와 같이 저서 '정치란 무엇인가'에서 정치의 역할, 그리고 정치 지도자의 자질에 대해 명쾌하게 방향을 제시하고 있다.

지구의 미래를 위협하는 지구온난화의 문제를 해결하기 위해서는 각국 정부들 사이의 합의가 가장 중요하겠지만 각 나라의 이해관계가 엇갈리기 때문에 해결책이 쉽지 않다. 이럴 경우 세계 시민단체 즉 비정부기구의 역할이 중요해지지 않을 수 없다. **그래서 요즘은 국제정치 대신에 세계정치 또는 지구 정치라는 말을 많이 사용한다. 국가 간 경계가 엷어지고 세계가 점점 더 '지구촌'처럼 되어 가는 것은 부정할 수 없다.** 세계 시민운동은 강대국의 일방적 지배와 자본의 지배를 벗어나 세계 '시민'의 적극적인 참여를 통해 세계 평화와 정의를 이루자는 움직임이다. 세계 평화와 세계 정의를 찾아가는 목표에 약소국과 강대국의 차이는 없을 것이다. 단지 그 과정에서 각자가 처한 처지에 차이가 있을 뿐이다.

[출처] 김영명 저, '정치란 무엇인가'

미래 지구촌의 당면한 과제는 지구온난화와 환경문제이다. 여기에는 강대국, 약소국 구분할 것 없이 지구촌에 살아가는 모두가 위기 상황이다. 우리의 지구촌 세계 시민은 모두 하나로 합쳐

저야 하며 이를 위해 강력한 국제기구의 탄생이 필요하다. **우리 모두가 인간의 삶의 가치 모든 인류의 궁극적 행복을 위해 따뜻한 삶, 따뜻한 세상을 꿈꾼다면 반드시 이루어질 것이다.**

영적 지도자 달라이 라마와 세계적인 경영 컨설턴트 마위젠베르흐가 새 시대를 이끌어갈 리더의 자질과 역할, 기업이 번영할 수 있는 정치, 경제체제에 대해 10년 동안 나눈 논의의 핵심을 모은 책이 '리더스 웨이'다. 이 책에서는 국가나 기업 같은 거대 주체만 다루지 않고 자기 자신부터 경영하는 방법을 안내하고 있다. 리더 지도자를 조직의 정점에 있는 사람만이 아니라 지위나 역할과 상관없이 어디에나 있으며, 사회구성원 개개인이 훌륭한 리더의 자질을 갖추고 더 많은 사람이 더 많은 나라가 행복해지는 길을 모색할 때 진정한 세계평화를 이룩할 수 있다는 메시지를 다음과 같이 전하고 있다.

먼저 자신의 리더가 돼라. 자신의 리더가 되는 순간 세상의 리더가 된다. 바른 눈을 갖고, 바른 일을 하며, 마음을 수련하라. 바른 결정을 내리려면 바른 눈을 가져야 한다. 바르게 생각한다는 것은 내가 하려는 일이 바른 목적과 동기에서 나온 것이 확실한가를 심사숙고한다는 뜻이다. **바르게 생각하려면 침착하고, 평온하며, 마음의 중심을 놓치지 않아야 한다.** 분노, 질투, 두려

움, 자신감 부족 등으로 마음이 흔들리면 불안해지고 능률도 떨어진다. 침착하고 평온하며 중심을 잘 잡은 마음 상태를 유지하지 못하는 것이다.

리더는 사회에 기여하고 인류를 행복하게 만드는 공정하고 가치 있는 일을 해야 한다. 자신이 믿는다고 말한 원칙에 따라 행동하라. 나눔, 도덕적 원칙, 인내, 열정 다하기, 집중, 참지혜 깨닫기로 이루어진 수행법을 육바라밀이라 하며 이를 실천해야 한다. 리더는 항상 주어진 시간 내에 다양한 문제들이 잠재된 결정을 내려야 하는 압박에 시달린다. **마음 수련의 목적은 어떤 상황에서도 침착하고 평온하며 마음의 중심을 놓치지 않는 상태를 유지하는 것이다.** 그러려면 유연하고 개방적인 마음을 지녀야 한다. **명상은 행복한 뇌를 만든다. 아무리 바빠도 5분 정도는 마음수련을 권한다.**

조직을 이끄는 힘은 어디에서 오는가? 강인하고 따스한 마음을 지닌 집단을 창조해 내고 사물의 진정한 모습을 보는 것이 리더의 책무다. 사람들에게 믿음을 불어넣을 때 리더는 그것이 바른 믿음이 되도록 신중해야 한다. 현명한 리더는 어떤 목표나 일의 원인과 결과를 살핀다. 그것이 옳은지, 적절한지, 진실인지, 거짓인지를 살피는 것이다. 훌륭한 리더는 조직의 목표를 분명하고 명확하게 제시할 줄 알아야 한다. 어떤 회사의 사장이 자신의 목표는 행복을 생산해 내는 것이라고 말한다면, 그 회사에서 일하는 리더는 행복을 만들어 내는 사람들이라면 그것은 인간과 조직의 궁극적 목표일 것이다.

행복은 욕구의 충족이 아니라 마음의 평화다. 기업은 행복의 기회를 제공하는 곳이어야 한다. 기업이 따스하고 강인한 마음을 갖고 활동하는지에 따라 평판이 달라진다. 기업이 회계부정, 임금격차, 착취, 유해제품생산, 인권침해, 환경오염 등과 같은 나쁜 경영활동을 하면 평판이 나빠지고 결국 도산하게 된다. 정직하고 바른 생각, 바른 목적과 의도를 가진 기업, 이런 기업이 사람들에게 사랑받을 것이다.

인류 공통의 책임을 받아들이는 리더십이 세상의 문제를 극복할 진정한 답이다. 줄어드는 세계, 팽창하는 기업, 다국적기업이 증가하고 있다. 점차 글로벌 통합 기업, '세계시민'으로 여기는 회사들이 점점 늘고 있다. 다양성은 글로벌기업의 가장 큰 자산이다. 인종, 종교, 민족, 성별이 다른 다양한 문화권의 사람들이 서로 조화로운 관계를 맺는 것, 그것이 오늘날 세계에서 가장 절실한 과제 중 하나라고 생각한다. 글로벌기업들의 과제는 세상을 좀 더 나은 곳으로 만드는 선구자가 되는 것이다. 인구가 급속도로 늘어나고 생활수준이 향상되면서 우리가 살고 있는 지구는 생존의 위협을 맞고 있다. 글로벌 통합기업이 바로 이런 역할을 해낼 수 있다. 인구 증가를 조절하기 위해 가족계획은 매우 중요하다. 전쟁 등으로 가난한 나라일수록 오히려 인구 증가가 빠르다. 인류가 함께 해결해야 할 과제다.

자유와 행복을 향한 인간의 열망은 무엇으로도 억누를 수 없다. 달라이 라마는 자유시장 시스템의 결점이 무엇인지 파악하고 측은지심을 바탕으로 한 책임감 있는 자유시장경제 시스템을 지지한다. 모두가 자유와 행복을 누리기 위해서 다섯 가지 희망을 이야기한다. 빈곤 없는 세상, 지속 가능한 환경을 위한 경제, 인간의 기본권이 보장되는 세상, 다양성을 즐기는 인류, 책임 있는 리더십이 그것이다. **자유는 소중하다. 자유가 행복으로 이어지려면 사람들이 개인으로서 또 조직의 일원으로서 책임감 있게 행동해야 한다. 인류 공통의 책임을 받아들이는 리더십, 그것이야 말로 세상의 문제를 극복할 진정한 답이다.**

[출처] 달라이 라마 · 마위젠베르흐 공저, '리더스 웨이'

우리 모두는 리더다. 리더와 함께하는 순간이 많겠지만 나도 어느 순간에는 작든 크든 의사결정을 하는 리더가 된다. **리더란**

따뜻한 마음으로 공공의 선을 위해 헌신할 수 있어야 한다. 자기 이익이 아닌 공익 말이다. 이를 위해 우리 모두는 끊임없이 자기 수련을 해야 한다. "나 자신의 리더가 되는 순간, 세상의 리더가 된다. 자신에게 냉철하되 세상 앞에 한없이 뜨거워라!"

지도자, 리더의 덕목을 갖추기 위한 실천사항

1. 지도자, 리더로서의 당신은

　- 따뜻한 마음과 영혼으로 오로지 국민, 국가, 인류를 위해 사적 이기심
　　을 내려놓고 공적 이익을 위해 헌신하라. (그러면 돌고 돌아 당신의
　　아들딸이 그 따뜻함을 선물 받을 것이다.)

2. 국민 한 사람, 조직의 한 사람으로서 당신은…

　- 우리의 세상을 아름답고 따뜻하게 변화시킬 리더를 선택하고 그들이
　　늘 그러하도록 지지와 응원, 긍정의 메시지를 보내라. (그리고 당신
　　도 누군가의 리더임을 늘 명심하라)

한강공원, 도시와 강과 나무 그리고 하늘

지구촌 환경
그리고 미래 ✿

[뉴스] 기후석학들 디스토피아 예견… "지구기온 2.5도 올라 대혼란" (연합뉴스, 2024.5.9.)

영국 일간지 가디언이 기후학자 380명을 대상으로 설문한 결과 세계적 기후학자들의 거의 80%가 금세기에 지구 온도가 산업화 전보다 최소 섭씨 2.5도 이상 상승해 재앙적 상황이 초래될 것으로 보고 있다는 조사 결과가 나왔다.

세계가 기후 위기에 제대로 대응하지 못하고 있는 이유에 대해서는 응답자의 75%가 '정치적 의지 부족'을 꼽았다. 화석연료 산업 같은 기득권 기업의 이익이 원인이라는 응답도 60%에 달했다. 이번 설문에 참여한 기후학자들 다수는 지구 온도 상승으로 폭염, 산불, 홍수, 폭풍이 지금까지보다 훨씬 더 자주 발생해 기근, 분쟁, 대규모 이주로 이어지는 '준디스토피아적' 미래가 올 것으로 예상했다. 유엔 코펜하겐 기후센터의 헨리 노펠트는 "기후변화를 막기 위한 행동이 늦어지면 급변점(tipping point,

작은 변화가 누적되다 갑자기 거대 충격이 닥치는 순간)을 지날 수도 있다"고 말했다.

[상황] 2040. 7. 10일 6시. 김 부장의 아침

새벽부터 찜통더위와 악취에 잠에서 깨어났다. 전기 공급이 되지 않아 에어컨을 못 켰다. 지난밤 날이 너무 뜨거워 한전의 발전 설비가 고장이 나 정전이 있었다. 뉴스에는 연일 지구온난화로 이미 평균기온이 2도를 넘었고 올여름 폭염은 새로운 기록이 될 거라고 예보한다.

바닷물 수위가 50cm나 상승하여 해안가 대도시들이 연일 피해를 보고 있다는 뉴스를 들으며, 수돗물을 필터에 걸러 마셨다. 이제는 생수도 너무 비싸다. 미세플라스틱과 환경오염 물질을 정화하는 비용이 많이 들기 때문이다.

출근하는데 집 앞에 쓰레기가 산처럼 넘쳐난다. 쓰레기는 길거리마다 가득 차서 냄새와 파리로 지옥을 연상시킨다. 매립지가 없어 지역별로 주 1회 수거해 간다. 고통을 분담하고 배출량을 줄이라는 이야기다.

회사에 출근하지만 너무 더워 오늘 하루 어떻게 보낼지 막막하다. 다음 주에는 역대급 태풍과 홍수를 예고하고 있다. 하루하루가 환경과 폭염과의 전쟁이다.

어떤가요? 단지 영화나 소설 속의 한 장면으로 여겨지나요? 많은 기후학자들과 환경전문가들은 이미 수년 전부터 예고하고 있는 환경문제와 기후변화 시나리오다. 약 10년 전까지만 해도 기후에 대한 음모론이라고 이야기되었던 현상들이 이제는 모든 데이터와 지표들이 일관되게 기후위기를 나타내고 있다. 연일 지구상에서 발생하는 슈퍼태풍, 토네이도, 폭우, 폭염, 가뭄, 등 기상이변과 폭염으로 인한 대형 산불, 북극과 남극이 만년설의 해빙, 바닷물 수위 상승 등 지구 표면에서 일어나는 현상은 이제는 증거가 아니라 현실이 되었다.

사람은 감기로 아파서 체온이 1도만 상승해도 아프고 약을 먹는다. 2도 상승하여 38.5도가 되면 병원에 가야 한다. 지구 전체가 지금 1도 이상 상승하고 있다면 아파도 많이 아픈 상태다. 한반도 과일과 채소의 재배 위도가 계속 북쪽으로 올라가고 있음은 누구나 아는 사실이다. 사과는 더 이상 대구지역이 아닌 강원도 북부에서 재배되고 있고, 수온 상승으로 바다의 어군이 완전히 변했다. 동해안의 흔해 빠졌던 명태는 이제 귀한 어종이 되었다. 오늘 뉴스에는 우리나라 김값이 두 배 이상 올랐다는 뉴스가 있다. 일본의 양식장 수온 상승으로 김 생산량이 급감하여 우리나라 김이 일본으로 수출되기 때문이란다.

각종 대기오염물질과 화학물질로 인한 환경오염문제와 쓰레기 발생량 대비 처리 방법의 부재로 인한 문제는 이젠 오히려 과거 환경이슈로 여겨진다. 북태평양에 형성된 거대한 쓰레기섬은 한반도 15배 넓이의 규모이고 폐플라스틱으로 뒤덮여 있다. 모든 바닷새의 44%와 고래류의 22%가 몸 안이나 주위에 플라스틱을 가지고 있고, 죽은 알바트로스의 배 속에 플라스틱 덩어리가 한가득 들어있는 사진은 우리에게 충격을 주었다. 해양동물의 내장에는 얼마나 많은 폐플라스틱이 들어있을까? 이제 플라스틱이 미세플라스틱으로 변화되어 매일 먹고 마시는 음식에 포함되어 있고 이미 우리 건강을 위협하고 있다. 투발루를 비롯한 남태평양의 섬나라 국가들이 해수면 상승으로 인해 금세기 안에 사라질 것이라고 한다. 해수면 상승은 이미 해안가 대도시에 커다란 위협이 되고 있다.

사람들은 지금 사용하는 환경이 미래에서 빌려 쓰는 것이라고 말한다. 한 걸음 나아가 미래세대의 환경을 뺏어 쓰는 것이라고 말한다. 이제 미래세대 즉 우리의 아이들이 이에 저항하기 시작했다. 스웨덴의 16세 청소년 그레타 툰베리의 등교 거부 시위. 툰베리는 2018년 8월부터 3개월 동안 등교를 거부한 채 스웨덴 의회 앞에서 '기후를 위한 등교 거부'라고 쓴 팻말을 들고 보다 적극적인 온실가스 배출량 감축에 나설 것을 요구하는 1인 시위를 벌였다. 이후 많은 나라 많은 어린 학생들이 자신들이 살아갈 미

동해 월포 해돋이, 바다가 정말 붉은색이 된다면…

래의 환경을 지키기 위해 거리로 나서고 있다.

지구 대부분의 에너지는 태양으로부터 나온다. 태양에너지가 유기물을 만들고 이 유기물들이 퇴적되어 지금의 석유, 석탄, 메탄가스 등이 만들어졌다. 지구 껍질 표면에 갇혀있던 화석연료를 인류가 사용하기 시작하면서 지표면의 CO_2 농도가 올라가기 시작했다. **마치 판도라의 상자를 연 것처럼 인류는 지표 아래 갇혀 있던 탄소를 지상으로 끌어 올렸다. 동시에 연소시키는 과정에서 열기를 대기층에 공급했고 이제 그 열기와 CO_2 농도는 지구온난화를 발생시키고 북극 영구동토를 녹여내고 있다.** 영구동토가 녹으면서 그 아래 갇혀 있던 메탄가스가 대기 중으로 방출되어 지구온난화를 가중시키고 있다. 메탄가스는 CO_2에 비해 지구온난화에 21배 더 큰 영향을 준다.

지표면의 모든 에너지는 모두 태양으로부터 기인한다. 식물의 광합성, 태양광, 풍력, 수력에 이르기까지 99.9%가 태양과 연관이 있다. 즉 우리 인류는 그 태양에너지를 직접 에너지원으로 사용할 수 있어야 한다. 태양광발전, 풍력발전이 중요한 이유다. 친환경적인 신재생에너지는 모두 태양으로부터 직접 생산하는 에너지이기 때문이다. 태양에너지로 미세조류를 양식하여 식량으로 직접 사용하든지 아니면 석유를 시추한 지하에 매립하여 탄소를 다시 가두어야 한다.

　지구상에는 거대도시가 많다. 이들 도시에 만약 전기나 물과 같은 utility가 3일만 끊긴다면, 1주일간 끊긴다면 어떤 일들이 일어날까? 거대한 엑소더스가 일어날 것이다. 미래의 예측되는 변화를 그대로 기다릴 것이 아니라 뭔가 바꿔야 한다. 대도시의 대안으로 소형화된 도시의 건설, 대도시 주변에 친환경적인 삶을 살 수 있는 Cell 단위 도시가 필요하다고 본다. 더 나아가 인구정책에 대한 개념이 변화되어야 한다.

　이 좁은 지구에 현재 81억의 인구가 살고 있다. 한 인간이 사용하는 에너지는 얼마나 될까? 한 인간의 의식주를 해결하기 위해 사용되는 화석연료와 지구상의 식량은 얼마나 될까? 지구는 얼마만큼의 인구수를 견뎌낼 수 있을까? 그러므로 현재 지구상의 인류가 그리고 지구생태계 내 다른 생물종이 모두 안녕을 누리고자 한다면, 현재의 생태계를 유지하고자 한다면, 인구 증가에 대해 심각하게 고민하고 인구정책에 변화를 주어야 한다. 각 국가는 자국의 인구감소를 심각한 문제로 인식하고 있다. 그러나 범지구적인 관점에서 다시 생각해 볼 문제다.

　최근 인류는 우주개발에 열을 올리고 있다. 화성과 달을 정복하고 화성에 새로운 삶의 공간을 만든다고 이야기하고 있다. 얼마나 어리석은가. 지구를 조금만 더 보호하고 관리하면 될 것을 많은 에너지를 들여서 멀리 힘들게 화성을 개발하려 든다. 지구의 자원 백만을 가져다가 우주공간에 1의 안식처를 만드는 느낌이다. 인류는 현명하다. 어지러운 가운데서도 질서를 찾아간다. 인류가 지구온난화로 인한 기후변화를 함께 깊이 있게 인식하고 공감한다면, 따뜻한 마음과 시선으로 지구촌 전체의 생태계와 인류를 바라본다면 해법은 제시되고 실현될 것이다. UN과 같은 국제기구가 더 큰 힘을 갖고 영향력을 발휘하게 될 것이다. 국가 간 모든 문제는 서로 연결되어 있고 특히 환경문제와 기후변화는 이제 더는 개별 국가의 문제가 아니기 때문이다.

2019년 호주 국립 기후복원센터가 펴낸 '실존적인 기후 관련 안보 위기'에 결론적으로 "위기를 줄이거나 피하기 위해, 즉 인류 문명을 지속하기 위해서는 탄소가 배출되지 않는 산업 시스템을 아주 빠르게 구축하는 것이 중요하며, 여기에는 전쟁 시기의 대응 수준에 준하는 전 지구적인 자원 동원이 요구된다"라고 주장하고 있다. **'전시에 준하는 동원'** 말이다. 그런데… 만약 그럼에도 불구하고 인류가 전시에 준하는 동원 없이 이대로 지구상에서 여섯 번째 대멸종을 맞이한다면 그것은 단지 인간, 인류의 멸종일 뿐 지구 자체는 여전히 건재할 것이다. 약 50억 년 후에 태양의 수명이 다해 지구를 포함하여 수성, 금성 등의 행성들을 흡수하게 될 때까지 지구는 영속할 것이다.

미국 전 부통령이자 환경운동가인 엘 고어는 그의 저서 '불편한 진실'에서 지구촌의 환경문제를 다음과 같이 폭넓고 깊이 있게 다루고 있다. 1968년 아폴로 8호에 탑승한 빌 앤더스는 최초로 달 근처에서 지구 사진을 찍었다. '떠오르는 지구'라는 제목의 한 장의 사진이 촬영된 다음날 시인 아치볼트 매클리시는 이렇게 썼다. "지구의 참모습, 영원한 정적 속에 떠 있는 작고 푸르고 아름다운 그 모습을 보노라면 우리 인류가 다 함께 그 위에 타고 있음을 떠올리게 된다. 영원한 찬 공간 속에서 홀로 밝고 사랑스럽게 빛나는 그곳을 공유하는 형제들. 이제야말로 서로 진정한 동지임을 깨달은 형제들임을 떠올리게 된다."

대기는 무척 얇다. 인간이 충분히 그 조성을 바꾸어 놓을 수 있을 정도다. 너무 얇기 때문에 취약하다. '지구본에 광택제를 한 겹 칠한다고 하자. 지구가 만약 지구본만 하다면 대기가 차지하는 두께는 광택제만큼밖에 안 된다.' 미국 국립빙하공원은 머지않아 '한때 빙하가 있었다는 공원'으로 이름을 바꿔야 할 것이다. 바다가 따뜻해지면 폭풍도 점차 거세진다. 매년 허리케인과 토네이도는 규모와 횟수 측면에서 기록을 갱신하고 있다. 앞으로 우리는 세계지도를 다시 그려야 할 것이다.

기후위기에 대한 진실은 불편한 진실이다. 우리 생활 방식을 바꿔야 하므로, 정치적으로 경제적으로 영향을 받아 저항감이 크므로 인해 불편한 진실이 되었다. 우리는 오존층 파괴의 주범이 냉장고 냉매인 염화불화탄소임을 알고 전 인류가 대책을 수립했다. 그리고 그 위기를 슬기롭게 풀어나가고 있다. 이는 우리 인류가 함께 문제를 인식하고 공동으로 대처하면 해결할 수 있다는 작은 희망을 보여준 사례다. 지구온난화가 인류의 미래를 심각하게 위협하는 현시점에서 이제 우리 스스로 떨쳐 일어나 인류의 미래를 지킬 때가 된 것이다.

[출처] 엘 고어 저, '불편한 진실'

세계일보 특별기획취재팀에서 편찬한 '지구의 미래: 기후변화를 읽다'에서는 폭염, 슈퍼태풍, 폭우, 이상한파, 폭설 등 전 지구적 이상기후의 주요 원인과 대처 방안에 대해 다음과 같이 이야기하고 있다. 손쓸 수 없는 상황이 닥치기 전에 최소한 그 속도를 늦추기 위한 실천적 노력이 필요하다.

당신의 일상이 위험하다. 소리 없이 다가온 미세먼지, 쓰레기 문제, 먹는 물에 대한 문제들. 수도권의 쓰레기 매립지는 이미 포화상태이다. 매립 대신 소각하는 방안이 있으나 이 또한 지역 이기주의에 막혀 소각장 건설이 쉽지 않다. 결국 자원의 순환을 통해 매립과 소각을 최소화해야 한다. 그러기 위해서는 **발생자인 국민 전체가 쓰레기 문제를 심각하게 인식하고 발생단계에서부터 최소화하고 자원으로 재활용이 가능한 모든 것은 재활용으로 철저히 분리하고 배출 자체를 최소화하여야 한다.** 정부와 지자체는 이렇게 소중하게 분리된 자원을 다시 버려지는 일이 없도록 재정을 투입하여 시스템화하고 재활용될 수 있도록 하여야 한다.

지구촌을 휩쓰는 기후변화의 쓰나미에서 대한민국도 예외가 아니다. 대한민국 기후변화의 최전선 제주도. 2100년에는 용머리 절경도 사라질 것이다. 해수면이 1m 넘게 상승할 것으로 예상되기 때문이다. 제주도에는 바람 잘 날이 없다. 기후변화의 영향으로 태풍과 가뭄이 연달아 몰아치고 있다. 이미 수차례 슈퍼태풍의 피해를 본 제주도는 이제 더 강력해진 슈퍼태풍에 직면하고 있다. 몽골 초원의 황사문제, 필리핀을 강타한 슈퍼태풍, 케냐에 드리운 전염병 공포, 남미지역 지카 바이러스의 확산, 신종 바이러스 감염병 확산 등 기후변화에 따른 인류의 생명과 지구 생태계 위협에 관한 내용을 충실히 담고 있다. 특히 이 책에서는 개발과 보존이 양립할 수 있는 방법에 대해 기술하고 있다. 첨단

도심 속 계단에 뿌리내린 이름 모를 가녀린 한 포기 풀

기술을 이용한 환경관리 방법들이 그것이다. 드론을 이용한 녹조발생 감시, 로봇을 이용한 상수도관 관리, 태양광 풍력 등 신재생에너지 산업 등이다.

기후변화는 어느 특정 국가의 문제가 아니라 한반도를 포함한 모든 나라에 닥친 문제이다. 후손에게 건강한 지구를 물려주는 일이 시대를 사는 우리의 책무라고 세계일보 특별기획취재팀은 강조하고 있다.

[출처] 세계일보 특별기획취재팀 저, '지구의 미래: 기후변화를 읽다'

인간이 작은 지구를 지배하고 독점적으로 점유하면서부터 자연환경을 변화시키고 이로 인해 지구의 온도가 상승하고 지표면이 온통 쓰레기로 가득 차기 시작했다. 평화롭던 지구 표면에 예측불허의 기상이변이 시작되었고 그 규모는 점점 더 커져가고 있다. 수많은 과학자와 아름답고 따뜻한 영혼을 가진 선구자들이 환경보호 활동을 추진하고 있고 훌륭한 논문과 책을 저술하고 있다. 우리가 할 일은 그러한 책들 중에 단 몇 권만이라도 읽고 공감하고 함께 지구를 지키는 일을 실천해 나가는 일이 아닐까?

경향신문의 김기범 기자는 저서 '2030 기후적응 시대가 온다'

에서 인류에게 앞으로 남은 시간 6년이며 파국이냐 생존이냐, 결정은 우리에게 달렸다고 이야기하고 있다. 더 빠르게 다가온 1.5도 상승의 시기 '거주 불능 지구'에서 살아남기 위한 최후의 수단으로 기후적응을 이야기한다. 이제 시작된 종말, 그러나 아직 끝은 아니다. 인류는 '여섯 번째 대멸종'을 앞두고 과연 적응에 성공할 것인가?

지금 우리 인류는 어떤 상황인가? 호주보고서를 인용하여 **인류가 지금까지 예상해 온 것보다 위험한 상황이 더 빨리 찾아올 수 있음을 경고한다.** 인류는 전시에 준하는 동원을 해야 한다고 이야기하고 있다. 과학자들이 충분히 예측하고 해법을 제시해도 각 국가의 이익을 우선시하고 외면하고 우선순위에서 밀리고 있다. 2015년 파리에서 열렸던 UN기후변화협약 당사국총회(COP21)에서 '1.5도 상승폭 제한 목표'를 설정했으나 2040년이면 1.5도를 넘을 것으로 예측하고 있다. 이제는 2030년에 1.5도를 넘을 것으로 예측되고 있다. 점점 빨라지고 있는 것이다.

지구상에 조류독감을 비롯한 새로운 바이러스와 질병이 증가하고 있고, 꿀벌의 대량 실종 사건들, 해양 부유물 쓰레기를 넘어 미세플라스틱의 공격, 북극의 영구동토가 사라지면서 발생하는 메탄가스 문제, 기후변화로 인한 농산물 재배의 변화, 기후변화에 적응하지 못한 동식물들의 최후, 해수면 상승 등의 문제들이 모두 지구온난화와 직접 연관이 있다. 그러나 인류가 이러한 문제를 깊이 이해하고 다 함께 인류 전체에 대한 따뜻한 마음으로 공감하고 대책을 수립하고 실행한다면 충분히 극복할 수 있을 것이라고 저자는 이야기하고 있다.

[출처] 김기범 저, '2030 기후적응 시대가 온다'

지구촌 환경과 미래를 위한 실천사항

1. 세계를 움직이는 UN 기구와 정치 지도자의 역할

- 자국 이익이 아닌 지구촌 전체를 위한 정책 결정

- 태양광, 풍력 발전 등 친환경 에너지 확대

- 재활용 자원 순환을 위한 시스템과 제도 개선

2. 생산자 위치에서 기업의 역할

- 생산에 친환경 에너지 사용

- 포장방법 개선으로 쓰레기 발생 최소화

- 혁신적 신기술 개발로 환경친화적 생산방식 개발

3. 소비자(일반시민)의 역할

- 환경과 지구촌 생태계를 이해, 쓰레기 최소화

- 에너지 절감을 위한 공동의 노력에 적극 참여

- 따뜻한 마음을 가진 국제기구, 정부, 기업 적극 지지

종로 송현공원, 패랭이꽃·알리움·꽃양귀비 등 어울림

종교란 무엇인가
– 종교분쟁 그리고 종교의 미래

> **[뉴스1] 팔레스타인 '두 국가 해법'은 가능할까**
>
> 가자지구 전쟁이 계속되는 가운데, 국제사회는 팔레스타인 문제의 근본적인 해결을 위해 '두 국가 해법'을 최우선 과제로 꼽습니다. 하지만 세부적으로 조율해야 할 것들이 워낙 많아 실현 가능성은 갈수록 불투명해지고 있습니다… (생략) (YTN, 2024.5.26.)

'팔레스타인과 이스라엘 간 전쟁은 긴 역사 속에서 수없이 많은 갈등이 있었고 해법은 묘연하며 현재 진행형이다. 국제사회가 해법을 제시해 보지만 양쪽 모두를 만족시킬 대안이 제시되지 않는 가운데 소중한 생명이 무고하게 희생되고 있고, 전 세계는 종교분쟁으로 인해 위협받고 있다. 과거에는 국지전에 불과했을지 모르지만 지금은 작아진 지구촌 안에서 정치적, 경제적으로 전 세계에 커다란 영향을 주고 있다.'

[뉴스2] 고조되는 중동의 유혈 충돌… 배경엔 이슬람 수니·시아파 갈등의 역사

이란과 파키스탄이 잇달아 서로를 공격하는 배경엔 이슬람 양대 종파인 수니·시아파 간의 뿌리 깊은 갈등이 자리하고 있다. 수니·시아파는 같은 이슬람이지만 중동의 양대 세력으로 서로를 견제하며 충돌해 왔다. 보복에 보복을 거듭하는 과정에 증오가 증폭돼 국가별·지역별 분쟁이 때때로 불거진다… (조선일보 2024.1.19.)

'수니·시아파 분열의 역사는 7세기로까지 거슬러 올라간다. 632년 이슬람 창시자 무함마드가 후계자 지명 없이 사망하자 새 통치자를 어떻게 뽑을지를 두고 갈등이 벌어졌다. 당시 이슬람 지도자들은 합의를 통해 통치자를 선출하자고 주장하였으며 이들이 수니파가 되었고, 무함마드의 혈육만이 통치자가 될 수 있다고 주장한 쪽은 시아파가 되었다. 같은 이슬람인데 1400년의 역사 속에 그 누구보다도 철천지원수처럼 싸우고 있다. 이들의 종파 갈등은 정치 분쟁을 넘어서 세계정세를 뒤흔드는 변수가 되고 있다.'

이동현 평택대 총장은 국제신문(2023.10.26.)의 시사난장에서 '전쟁과 탈리오 법칙'이라는 제목으로 다음과 같이 이야기하고 있다. 성경 창세기에 따르면 아브라함은 86세에 이집트 여인 하갈을 통해 이스마엘을 낳고, 100세에 본처 사라에게서 둘째 아들 이삭을 얻는다. 팔레스타인과 같은 아랍인은 이스마엘의 후손이고, 이스라엘로 대표되는 유대인은 이삭의 후손이다. 매우 단순화하면 유대인과 아랍인은 아버지는 같되, 어머니가 다른 이복형제라고 할 수 있다. 그래서 지금 일어나는 전쟁은 가족 또는 친족 간의 싸움이라고 할 수 있다.

전쟁은 인류가 등장한 이후 끊임없이 이어져 왔다. 전쟁의 원인이야 여러 가지가 있겠지만 대체로 인종, 종교, 경제, 이데올로기 4가지 요소가 단일 또는 복합 요인으로 작용해 일어난다고 한다. 독일의 유대인 학살은 인종을 둘러싼 전쟁이다. 종교전쟁으로는 십자군 전쟁과 수니파와 시아파의 갈등 등이 있고, 한국전쟁은 자유주의와 공산주의라는 이데올로기의 대결이다. 경제적 전쟁은 미국과 이라크 전쟁을 포함해 현재 많은 국가들 사이에서 발견된다. '눈에는 눈, 이에는 이'라는 함무라비 법전의 '탈리오 법칙(lex talionis)'이 요즘은 천 배, 만 배 복수로까지 확장한다. 전쟁의 폐해는 오롯이 선량한 시민에게 돌아간다. 과학과 문명의 발전이 평화와 화해에 이바지하지 않고, 핵무기 등 전쟁을 위한 도구로 전락하면 제3차 세계대전으로 이어져 인류 종말로 끝장날 수도 있다.

[출처] 국제신문('23.10.23) 이동현, '전쟁과 탈리오 법칙'

종교란 무엇인가? 종교는 논하기 어려운 주제다. 종교는 개인의 신념이고 이념이고 삶의 가치관이고 철학이다. 종교는 개인적인 신앙적 관점, 사회인류학적 관점, 철학적 관점 등 다양한 관점이 존재한다. 종교는 각 종교의 신에 대한 믿음, 신앙을 바탕으로 하므로 미묘하다. 신앙적 관점은 각 종교의 교리에 따라 이루어지므로, 여기서는 종교학에 대한 학자들의 견해를 바탕으로 거시적 측면에서 사회인류학적, 철학적 관점에서 가능한 객관적 시각에서 논해보고자 한다. 인류의 역사에 종교가 탄생하고 발전하고 인류의 삶 속에 함께한 것은 그만큼 중요하고 의미가 있기 때문이다. 그러므로 사람들이 가능한 종교를 갖고 그 속에서 안정과 평온과 자유를 느끼고 누리길 바란다.

그런데 그렇게 중요하고 선한 영향력을 줄 수 있는 종교가 지금은 아니 역사적으로 수없이 많은 갈등과 전쟁을 일으키면서 수백, 수천의 사람들이 다치거나 죽게 만들고 불안하게 만들고 있다. 종교를 통해 평화를 누려야 할 인류는 왜 그렇게 종교로 인하여 삶이 고달파지는 것일까? 이러한 질문과 고민 속에 이번 주제를 종교로 정하였다. 다시 한번 이야기하지만 종교는 개인의 신념과 신앙의 문제이므로 신앙의 관점은 각 개인의 영역에서 성찰하길 바란다. 여기서는 작아져 버린 우리의 지구촌 안에서 일어나는 종교간 갈등의 문제를 사회인류학적 철학적 관점에서 바라보고 인류가 서로 따뜻하게 배려하고 서로를 이해하고 상대방의 종교를 인정하고 공감해 주길 바라는 의미에서, 따뜻함이 인류의 종교에서도 작동하길 희망하면서 기술해 보고자 한다. **어떤 종교든 어떤 신이든 인간을 사랑하고 따뜻하게 서로 감싸주는 세계를 꿈꾸고 준비하였을 것이므로…**

종교란 무엇인가? 위키백과의 사전적 의미를 살펴보자. **종교(宗敎)는 초월적, 선험적 또는 영적인 존재에 대한 믿음을 공유하는 이들로 이루어진 신앙 공동체와 그들이 가진 신앙 체계나 문화적 체계를 말한다.** 종교인들은 주로 초월적인 대상, 세계에 대한 궁극적인 진실, 사람은 어떠한 도덕을 지키며 어떻게 살아가야 하는지에 대해 각자의 믿음을 갖고 있다. 종교는 인간과 비롯한 존재의 우주적 질서에 대한 나름의 설명을 제공하려 하기도 한다. 종교와 관련하여 그 종교에 귀의하여 우러나오는 경건한 마음은 종교심(宗敎心)이나 신심(信心), 신앙(信仰), 불심(佛心)이라 하며, 종교적 신앙에 따르는 마음가짐은 종교의식(宗敎意識)이라 한다. 종교는 고대로부터 신과의 관계 속에서 시작했다. 그러나 현대 시대에 종교는 신과 관련한 관점보다 인간의 내재적 요소 속에서 종교 본질을 찾으려고 한다. 학자들은 종교를 인간의 지, 정, 의, 도덕, 이성 등 각각 하나를 강조하며 설명한다.

종교의 기원에 대한 이론은 다양하며 자연 숭배 이론, 정령 숭배 이론, 심리학적 이론, 사회적 이론, 인류학적 이론, 철학적 이론 등이 있다. 일반적으로 종교는 공통적으로 다음과 같은 형식을 가진다. 초자연적인 것을 믿음, 도덕적 법전, 윤리적인 원리 감정, 기도와 신과의 교통, 세계관을 제공, 삶의 총체적인 조직, 사회적인 조직체, 평화와 복지의 내적인 조화 혹은 그 심리적 상태의 약속 등이 있다. 휴머니즘의 입장에서 본다면, 어느 종교라도 전체에 주체가 함몰되어서는 안 된다. 무신론의 입장에서, 종교는 단지 발전된 신화일 뿐이며, 거기에 지나치게 많은 의미를 부여하는 것이야말로 노예의 길로 보인다. 그래서 현대의 무신론 혹은 휴머니즘의 입장에서는, 인간 자신이 그의 주체성을 잃지 않고 힘든 순간에 마음의 위안을 얻고, 다시 그 주체성을 회복하는 정도에서만 종교의 역할은 머물러야 한다고 보고 있다.

위키백과에서는 사이비 종교에 대해서도 정의하고 있다. 사이비 종교란 일반적인 종교의 형태를 가지고 있지만 전통적인 기존의 종교적 내용을 교주나 특정한 교리를 과장하여 주관적으로 변형시킨 형태이다. 기존 종교와 사회에서 충돌을 일으키는 이유는 가정과 사회에 도움이 되지 않고 그 단체에 속한 신자들에게 해를 많이 끼치기 때문이다. 사이비 종교의 피해로 생명을 잃기

전남 광양 숲속, 산책로에 내려온 가을

도 하고 많은 재산과 가족을 빼앗기는 사례가 많은데 이는 종교라는 허울을 뒤집어쓰고 자신의 사적인 이득을 취하는 사람들이 이끄는 곳이기 때문이다.

[출처] 인터넷 '위키백과'

철학자 김용규 씨는 주간조선(2012.9.10.)에 쓴 글 '종교란 무엇인가? 왜 인간에게 필요한가?'에서 본능에 따른 자기중심적 삶에서 벗어나 가치중심적 삶을 살도록 인간의 삶을 변화시키는 것이 종교의 역할이라고 말하며 다음과 같이 기술하고 있다. 종교학의 시조로 불리는 독일의 사상가 막스 뮐러(1823~1900)가 그의 '삶과 종교'에서 "진정한 종교, 즉 실천하고 행동하며 생동하는 종교는 논리적 또는 형이상학적 천착과는 거의 또는 아무런 관계가 없다. 종교는 삶, 새로운 삶, 신 앞에서의 삶이다. 그러한 삶은 재생(거듭남)이라고 표현할 수 있는 것으로부터 나온다"라고 한 것이 일례다. 그런데 종교가 이끄는 '새로운 삶'이란 무엇일까? 그것은 '가치 있는 삶'이라는 것이 학자들의 공통된 인식이다. 종교의 본질은 한마디로 '가치체험'과 '가치생활'이다. 따라서 종교가 이끄는 새로운 삶은 인간이 전보다 더 높은 단계의 가치를 체험하고 그럼으로써 전보다 더 가치 있게 생활하는 것을 말한다. 그렇다!

종교가 하는 일은 결국 신앙으로 사람들을 사로잡아 삶의 방향을 바꾸게 하는 것이다. 타고난 본성을 따라 사는 '자기중심적 삶'에서 벗어나 가치를 좇아 사는 '가치중심적 삶(기독교적 용어로는 '신중심적 삶'이라 한다)'을 살도록 변화시키는 것이다. 종교가 하는 일이 그리 바람직하다면, 종교에 대한 뿌리 깊은 반감과 거부감들은 도대체 어디에서 생겼을까?

2000년을 이어오는 종교에 대한 반감과 거부감은 대부분 종교 자체에서 나왔다기보다 그것을 신봉하는 종교인들의 과오에서 나왔다. 종교를 빌미 삼아 배척과 분쟁, 그리고 전쟁과 테러를 일으키는 사람들(그가 유대교인이든 기독교도든 이슬람교도든)은 사실상 그들이 믿는 종교의 가르침을 따르는 자들이 아니다. 그들은 자신들이 만든 이데올로기의 추종자일 뿐이다. 그들이 배척과 분쟁을 일으키는 근본 동력은 사실 정치적·경제적·사회적 조건이거나 이기심이다. 그럼에도 불구하고 그들은 그것들을 교묘히 감춘 채 종교적으로 이데올로기화된 이슈들을 내세워 추종자들을 기만하고 선동하여 전쟁과 테러 그리고 폭력을 자행한다. 철학자 김용규 씨가 이야기하는 가치중심적 삶에 대해 종교인은 물론 우리 모두가 깊이 음미해볼 일이다.

[출처] 주간조선('12.9.10) 김용규, '종교란 무엇인가'

인류는 인간의 불완전성, 불확실한 미래에 대한 불안감, 생로병사라는 미지의 영역에 대한 해답을 구하고자, 그리고 현재의 생존과 삶의 고단함에서 벗어나고자 끊임없이 해답을 구해왔다. 그것이 인류의 역사이고 그 역사와 함께 종교, 신학은 탄생하고 발전해 왔다. 서양의 종교는 구약성서의 아브라함을 시조로 유대교, 기독교, 이슬람교가 탄생하고 발전하였다. 동양의 종교는 인도에서 여러 신들을 숭상하는 힌두교가 발전하였고 그 중 불교가 크게 성장하였다. 기독교는 다시 가톨릭, 개신교, 동방정교회 등으로 분리 발전되었다. 세계의 종교인 수는 대략 기독교 23억, 이슬람 18억, 힌두교 11억, 불교 5억이다. 유대교는 1500만 명 정도이다. 그 외 다양한 종교가 존재한다. 이처럼 인류의 역사와 함께한 종교는 다양성 속에서 순기능과 역기능이 공존하고 있다. 종교는 인간에게 삶의 불확실성에 대한 해답을 제공함으로써 신에게 의지하며 신앙심을 갖고 경건한 마음으로 삶으로써 좀 더 평온하고 안정적이고 가치중심적 삶을 영위할 수 있게 이끌어 준 반면, 종교적 갈등으로 수없이 많은 전쟁으로 인해 인간의 삶을 고달프게 했다. 왜 이렇게 인류의 삶에 긍정적 영향력을 주는 종교가 서로 갈등하고 전쟁을 일으키는 것일까? **점점 더 작아지는 지구촌 안에서 인류가 함께 행복하게 살아가기 위해서 이 문제는 모든 인간, 인류, 종교인들이 함께 고민하고 해결해 나가야할 숙제이다.** 함께 살아가야 할 지구공동체의 구성원으로써 서로를 인정하고 상대 입장을 공감하고 따뜻한 마음과 시선으로 함께 살아가는 방법을 찾는 것. 이것이 이번 주제를 쓰는 목적이다.

여기 대한민국에 지리산이 있다. 지리산에 오르는 길은 여러 갈래가 있다. 각 지방마다 산에 오르는 경로가 다르고 다양하다. 마을 사람들은 모두 자기네 동네에서 오르는 길이 가장 경치가 좋다고 이야기한다. 모두 맞는 말이다. 정상에 오르면 세상은 사방으로 트여 정말 아름답고 성취감은 이루 말할 수 없다. 천왕봉 정상석 앞에서 모두 사진을 찍을 수 있고 만질 수도 있다. 어떤 경로로 올라왔든 모두가 경험하고 느낄 수 있는 성취다. **종교는 각자 자신의 신념과 신앙으로 사랑을 실천하고 절대적 가치 즉 산의 정상에 가까이 다가가는 것이 아닐까? 종교를 통해 서로 인정하고 모든 종교가 함께 인류를 발전시켜 나가는 원동력이 되길 바란다.** 인류가 함께 나아가는 데 각 종교가 힘을 합쳐 마차의 4개 바퀴처럼 또는 기차의 여러 바퀴처럼 서로 돕고 지지하는 작용을 할 수 있다면 좋겠다. 종교의 교리와 경전과 철학은 이렇게 서로 사랑으로 도움을 줄 것을 그 내용에 담고 있을 것이다. 다만 종교를 구성하고 이끌어 가는 인간에게 달린 문제이다. 우리 인간들이 서로 따뜻한 마음을 나눌 준비가 된다면 모두 해결될 문제가 아닌가 생각해 본다.

모든 인간은 태어나고 성장하고 누군가에게 영향력을 끼치고 그리고 죽어간다. 이러한 희로애락의 과정과 연관된 내용이 있어 소개한다. 인도 힌두교에는 '아슈라마'라는 인생 4단계가 있다. 인생을 길게 100년으로 보았을 때 25년씩 4개의 단계가 있다는 것이다. 그 4단계는 ① 범행기(梵行期), ② 가주기(家住期), ③ 임서기(林棲期), ④ 유행기(遊行期)다. 첫 번째 범행기는 태어나 약 25세까지인데, 스승 앞에서 경전과 삶에 대한 지식을 습득하는 학습기다. 이 시기의 인간은 스승과 함께 생활하면서 앞으로 살아가야 할 인생 전반에 대한 지식과 사회인으로서의 의무 등을 배운다. 두 번째 가주기는 집에 돌아가 결혼을 하고 가정을 꾸리는 시기다. 이 시기에 자손을 낳고 기를 뿐 아니라 사회 전반에서 자신이 행해야 할 여러 가지 공공의 의무도 행한다. 25세 이후 50세 정도까지의 시기로 본다. 세 번째는 임서기로 은둔기다. 사회적 의무에서 벗어나 부인과 함께 숲속으로 은퇴한다. 높은 진리를 추구하며 종교적 수행을 하는 연령대로 50대 이후 70대 초반까지다. 마지막이 유행기인데, 세속적 욕망을 완전히 차단하고 수행에만 매진하며 죽음을 맞이하는 시기다. 세속과 단절하고 어머니 같은 갠지스강으로 돌아가 영적 성취를 이룬다. 기원전의 고대 인도에서 이런 사상이 정립되었다는 점이 참으로 놀랍고 신기하다.

요즘 50~60세가 넘으면 은퇴하여 이후의 삶에 대한 고민을 하는 사람들이 많다. 종교의 경계를 떠나서 이처럼 은퇴 이후에 종교적 심성과 신심을 바탕으로 따뜻한 사랑을 실천하고 이웃과 세상에 긍정에너지를 전파하는 활동을 한다면 얼마나 좋을까? 세상은 더욱 아름답고 행복한 세상으로 변화될 것이다. 젊어서는 인간의 영속성 측면에서 학습하고 결혼하여 후손을 낳고 가족을 돌보고, 나이가 들어서는 삶 전체에 대한 관점을 정립하고 현재 나의 시간적, 공간적 위치를 인식하고 그리하여 각자가 갖고 있는 종교, 이념, 철학의 관점에서 자신의 인생을 재정립하고 마음이 흐트러질 땐 나침판으로 사용한다면 세상은 작은 지구촌은 정말 살 만한 공간으로 변화되고 지속될 것으로 생각된다.

비교종교학자 오강남 교수는 저서 '종교란 무엇인가'에서 종교에 대해 다양한 견해를 표명하고 있다. 하물숭배(cargo cults)라는 것이 있다. 1890년대 영국과 프랑스가 남태평양 뉴기니 등 멜라네시아 도서를 식민지로 지배하기 시작하면서 원주민 사이에서 새로 생겨난 일종의 신흥 종교다. 섬사람들은 유럽인이 화물선에서 하물을 내려 거기서 여러 가지 물건들을 꺼내 쓰는 것을 보게 되었다. 깡통에 든 음식, 라디오 같은 신기한 물건을 생전 처음 본 사람들은 이 물건을 당연히 신으로부터 온 것이라고 믿었다. 전통 종교에 의하면 자기들이 상용하는 토로(토란) 같은

지리산 깊은 산속, 수줍은 듯 감추어진 가을 단풍

채소라든가 여러 가지 곡식이 모두 신으로부터 온 것이기 때문이다. 이 물건은 공장에서 만들어 가지고 온 것이라고 말해 주어도 믿지 않고 이를 발단으로 온갖 교리와 실천 사항이 생겨나기 시작했다. 이들은 자기 조상신이 음식이나 담배나 기계나 무기 같은 것을 배에 싣고 곧 올 것이라 예언했다. 물론 배에 하물을 싣고 오겠다던 조상신은 오지 않았다. 지금 우리가 보기에는 비상식적이고 우스꽝스러운 일로 보이겠지만 당시 뉴기니섬 사람들에게는 확신에 찬 믿음이요, 어쩌면 그들에게는 희망과 용기의 원천이었고 삶을 의미 있게 살아가는 원동력이었을지도 모른다. 우리 인간이 믿는다고 하는 것이 무엇인가?

무엇을 믿든 인간은 믿지 않고서는 살 수 없는 존재다. 이런 때문에 옥스퍼드대학교의 인류학자 마렛은 인간을 일컬어 '종교적 인간'이라고 했다. 그러면 어떤 종교를 가져야 할까? 종교를 크게 둘로 나눈다면 '닫힌 종교'와 다른 하나는 '열린 종교'다. 닫힌 종교의 가장 큰 특징은 스스로 정한 절대적 권위에 모두가 무조건 복종해야 한다고 가르치는 것이다. 모든 해답, 모든 행동 강령은 이미 다 주어진 절대 불변의 것이므로, 이것을 문자 그대로 받아들이고 덮어놓고 믿고 순종하기만 하면 거기에 따라 복이나 상을 받고, 불순종하면 화나 벌이 내린다는 공식을 가르친다. **열린 종교란 이와는 달리 우리가 당연한 것으로 여기는 일상의 세계를 절**

대화하거나 거기에 안주하지 말고, 이런 세계의 바탕이 되는 실재의 세계, 실상의 세계를 있는 그대로 보아야 한다고 가르치는 종교다. 그러기 위해 인간으로서 지금 가진 생각이나 안목이 어쩔 수 없이 제약되고 불완전한 것임을 겸허하게 인정하고, 열린 마음으로 진리의 더 깊고 넓은 면을 끊임없이 탐구하고 깨쳐가도록 노력할 것을 촉구하는 종교다. 어느 종교든 그것을 따르는 사람들이 그 종교의 참뜻을 깊이 이해하지 못하고 표면적 문자에 매달린 채 언제까지나 질식할 것 같은 종교 생활만을 계속하게 한다면 그 종교는 그대로 닫힌 종교가 되는 것이고, 종교의 참뜻을 더욱 깊이 깨닫고 그 종교가 본래 의도했던 자유와 해방을 맛보는 삶을 살도록 한다면 그 종교는 열린 종교가 될 것이다.

저자 오강남 교수는 이 책에서 진리의 길, 자유에의 길, 믿음의 길, 함께 가는 길 총 4부로 나누어 이야기를 전개하고 있다. 특히 4부 함께 가는 길 중에서 종교와 종교의 만남이라는 부분에서 종교 간 관계의 문제를 다루고 있다. 한스 큉 교수의 '기독교는 어디로 가고 있는가' 하는 제목의 강의에서 기독교가 종래까지 받들고 내려오던 패러다임이 각 시대에 따라서 바뀌어 왔는데, 최근에 와서는 그 변화가 다양하고 급격하다는 것을 강조하고, 현재의 여러 변화 중에서 가장 중요한 것은 종래까지의 '기독교만'이라던 생각이 청산되고 서로 다른 종교들이 대화를 통해 서로 성숙한 경지에 도달하기를 목적으로 노력하는 태도가 퍼져 나가고 있다고 지적했다. 한스 큉뿐만 아니라 서양의 지도적 종교사상가들 사이에서는 이제 이런 생각이 하나의 상식으로 통하고 있는 실정이다. 오늘 같은 다원주의 사회에서는 어느 하나가 모든 것들 위에 군림해야 한다는 제국주의적 발상이 용납될 수가 없다. 모든 분야에서와 마찬가지로 종교에서도 타 종교를 정복의 대상으로 적대시하거나 백해무익한 것으로 경시하는 태도를 지양하고 서로가 서로를 이해하고 협력하려는 종교적 다원주의가 오늘 이 시대를 위한 올바른 태도로 수납되고 있는 것이다.

2,300여 년 전 인도의 성왕 아쇼카 임금은 그의 비문에 다음과 같이 표현해 놓았다. "기회 있을 때마다 남의 종교를 공대할지라. 누구든 이런 식으로 나가면. 그는 자기 자신의 종교도 신장시키고, 남의 종교에도 유익을 끼치는 것. 그 반대로 하면 그는 자기 종교도 해치고 남의 종교에도 욕을 돌리는 것. 이것이 모두 자기 종교만을 찬양하려는 데서 나오는 일. 누구든 자기 종교를 과대 선전하려 하면 그는 오히려 자기 종교에 더욱 큰 해만을 가져다줄 뿐. 각자는 남의 종교에 대해 경청하고 거기 참여할지라."

우리는 나의 종교만을 유일한 진리라고 주장하고 남의 종교들을 비방하는 것이 믿음의 표시요 충성심의 발로라고 생각하고, 또 그래야만 모두 내 종교로 들어와 내 종교가 흥왕하리라 믿고 있는 것은 아닐까? 물론 모든 종교가 다 같은 것이 아니다 그렇다고 나의 종교와 다른 종교는 다 틀렸기에 그들을 모두 개종시켜야만 한다는 것은 억지요 무지다. 윌리엄 존스턴 신부의 말이 생각난다. "종교의 목표는 교인 수를 증가시키는 것이 아니라 세상에 봉사하는 것. 그리고 인류의 구원을 증진시키는 것이라는 사실을 명심하자."

현대 사회를 일컬어 '다원주의 사회'라 한다. 하나의 문화, 하나의 가치관만 있는 것이 아니라 여러 문화, 여러 가치관이 어울려 공존하는 사회라는 뜻이다. 특히 우리는 이제 다양한 종교가 서로 어깨를 비비며 이웃하고 있는 종교적 다원주의 사회 혹은 다종교사회에 살고 있다. 이런 사회에서는 자칫 잘못하면 서로 다른 종교들 사이에서 쓸데없는 오해나 긴장, 갈등이 야기될 수도 있다. 이런 바람직하지 못한 결과를 막기 위해서, 나아가 서로가 서로를 이해하고 조화로운 관계를 유지하기 위해서는 내 종교뿐 아니라 남의 종교를 진지하게 이해하려는 노력이 불가피하다. 사실 남의 종교를 이해하는 것은 곧 내 종교를 더욱 깊이 이해하는 길이기도 하다. 이제 이런 종교적 다원주의 사회에서 종교 간의 관계를 규정하는 기본 패러다임은 옛날처럼 누가

동해안 강릉, 해무에 쌓인 호텔 그리고 하늘

옳고 누가 그르냐, 누가 낫고 누가 못하냐, 누가 좋고 누가 나쁘냐, 무엇이 계시의 종교이고 무엇이 그렇지 못하냐 하는 식의 이분법적 범주의 잣대로 판가름하는 것에서 벗어나, 어떻게 하면 서로 도와가며 함께 생각하고. 함께 일하는 상호 협력 관계를 이룰 수 있을까의 문제로 넘어가야 한다. 정치적 불의와 억압, 경제적 불공평 생태계 파괴, 계속되는 전쟁 등 인류가 당면한 여러 위기 앞에서 각 종교가 자기만 옳다는 독선적 아집에서 벗어나지 못하면 결국 온 인류와 함께 공멸의 길을 달릴 뿐이다. 그러므로 종교는 서로 협력하여 이런 난국에 함께 대처해야 한다는 인식이 확대되어야만 한다.

이상과 같이 비교종교학자인 오강남 교수는 저서 '종교란 무엇인가'에서 오늘날의 종교는 개인과 집단의 번영을 위한 수단으로 전락하였으며, 자신의 종교만이 진리를 독점하고 있다는 자기중심주의에 빠져있다고 지적한다. 인간들이 서로의 입장을 이해하고 공감하며 따뜻한 마음으로 서로 사랑할 것을 강조하고 있다.

[출처] 오강남 저, '종교란 무엇인가'

권오문 기자는 저서 '종교의 미래를 말한다'에서 종교의 현안과 미래에 대해 깊이 있는 견해를 밝히고 있다. 현대사회의 급격

한 변화는 종교계에도 몰아치고 있다. 우선 종교, 특히 종교 지도자들에 대한 신뢰가 크게 하락하면서 신자들의 발길이 줄어들고 있다. 유럽 교회의 쇠퇴 현상도 더 이상 종교에 기대할 것이 없다고 보는 젊은이들이 늘어나고 있기 때문이다. 지금 종교계 곳곳에서 16세기 종교개혁 이상의 변화가 뒤따르지 않는다면 생존 자체가 어렵다는 볼소리까지 터져 나오고 있다. 그렇다면 오늘날 종교계가 직면한 위기를 극복하고 모든 인간이 행복하게 살아갈 수 있도록 기여하는 길은 없는가. 그것은 우선 종교의 배경이 된 성인들의 가르침을 통해 그 해결책을 찾아볼 수밖에 없다. 성인들의 핵심적 가르침은 사랑이다. 사랑은 남을 위해 자기를 희생하는 행위이다. 성인들은 남을 위해 자신을 온전히 비울 수 있는 사랑이 아니고서는 인간사회의 갈등을 해소할 수 없고 모든 인간이 차별 없이 살아가는 공동체 실현은 불가능하다고 보았으며, 그래서 그 사랑을 온몸으로 보여 주었다. 그리고 하나님은 인간을 사랑으로 창조했고 타락인간에 대한 구원섭리도 사랑의 질서를 회복하는 데 있다고 볼 때 종교인에게는 사랑은 지고지선의 가치이자 목표이다. 따라서 사랑을 이 땅에 어떻게 정착시키느냐에 따라 종교의 본질 회복은 물론 종교의 미래가 달려있다고 볼 수 있다. 오늘날 종교인들은 많지만 세상이 더욱 삭막해지고 있는 것은 그들이 말로는 사랑을 외치지만 실제로는 그 반대의 길을 가고 있기 때문이다.

특히 종교인들은 그동안 종파나 교파가 다르다고 해서 적대감을 갖고 심지어 잔인한 테러와 전쟁까지 벌이면서 수많은 인간의 생명까지 앗아갔다. 그것은 종교 자체의 문제라기보다는 자기중심적으로 생각하는 인간 자체의 한계를 종교가 극복하지 못하고 있기 때문이다. 그리고 종교가 인간이 그토록 염원하는 행복을 누릴 수 있는 방안을 제시하지 못하는 이유도 마찬가지다. 인간은 누구나 불행을 물리치고 행복을 찾기 위해 몸부림치고 있지만, 몸과 마음의 갈등이라는 인간 내부의 모순 때문에 영원한 행복을 누리기란 참으로 어렵다. 따라서 우리 인간이 영원한 행복을 누리기 위해서는 마음과 몸의 갈등을 극복하고 자기중심주의에서 벗어나야 한다. 그렇게 선을 지향하는 본심에 따라 이기적 욕망을 내려놓을 때 자연스럽게 사랑하는 마음이 생기게 되고 작은 것에서부터 행복은 찾아오게 될 것이다.

인간이 살아가는 세상은 이기주의가 없을 순 없다. 더구나 생존경쟁이 치열한 자본주의 사회에서는 이기주의가 더욱 득세할 수밖에 없다. 그러나 이기주의가 자기만의 이익을 중심에 두고 다른 사람이나 전체의 이익은 고려하지 않는다는 점에서 사회 불안의 근원이 되고 있다. 특히 자기에 대한 지나친 집착은 곧 남에게 피해로 연결된다는 점에서 이기주의는 서로 돕고 살아야 하는 공동체사회에 가장 큰 걸림돌이 되고 있다. 유대교와 기독교,

그리고 이슬람교는 한 분의 하나님을 모실 뿐만 아니라 조상이 같고 성격이 같은 형제종교이다. 그러나 한 뿌리에서 탄생된 이들 종교는 지금 원수처럼 지내고 있다. 그것은 서로 경계를 짓고 종단 중심의 교리에서 벗어나지 못하기 때문이다. 이러한 집단 이기주의는 종교와도 상관없고 하나님의 의지와도 거리가 멀다. 이들 세 종교의 차이는 하나님에 대한 관점에서 확연히 드러난다. 그것은 하나님이 어떤 분인가를 알고자 하기보다는 자기 종단의 입장에 맞게 이용하기 때문이다.

오늘날 인간의 모습은 정상인가, 비정상인가? 종교에서는 물론 비정상으로 보는 경우가 대부분이다. 기독교에서는 인간조상이 하나님의 말씀을 거역하고 타락함으로써 원죄를 지니게 되고 불완전한 존재가 됐다고 보고 있다. 그리고 불교에서도 인간이 살아가야 하는 사바세계는 번뇌와 고통의 바다라고 강조한다. 그래서 대부분의 종교는 이 불완전함과 고통에서 벗어나는 길을 가르치고 있다. 성인들은 누구보다 번뇌와 고통에서 벗어나고자 몸부림쳤다. 그들은 생로병사 등 인간의 근본문제를 해결하기 위해 노력했고 끝내는 그 해답을 제시했다. 물론 시대를 달리하는 성인들의 인생문제에 대한 접근방법에는 차이가 있다. 하지만 상당한 공통점을 갖고 있기 때문에 서로의 장점을 받아들일 경우 인생문제 해결에 대한 적절한 해법을 찾을 수 있다.

예수가 주장한 하나님 나라는 세속적 통치방식이 아닌 사랑으로 다스리는 세상이다. 고통 받고 가난한 사람까지 골고루 차별 없이 살아가고, 심지어 원수까지 이웃으로 받아들이는 하나님 나라를 꿈꿨다. 예수의 하나님 나라 운동은 세리와 죄인들로 대표되는 갈릴리 사람들의 밥상공동체에서 시작되었다. **현대종교의 위기는 말과 행동이 다른 종교인에 대한 실망 때문에 시작됐다. 말로는 사랑을 외치지만 실제로는 서로 갈등과 분쟁을 빚는 게 종교계이다. 이렇듯 종교인들의 이중성이 적나라하게 드러나면서 현대종교는 그야말로 신뢰가 추락하고 한계에 직면해 있다.** 그렇다면 종교의 갈 길은 무엇인가. 종교의 미래는 종교의 밑바탕이 된 성인들의 가르침을 어떻게 실천하느냐에 달려 있다. 특히 성인들의 핵심적 가르침인 사랑을 제대로 실천하느냐 하는 것이 현대의 종교들이 주류종교로 남느냐 쇠퇴하느냐 하는 관건이 될 수 있다. 모든 것이 있는 그대로 드러나는 투명사회로 바뀜에 따라 미래종교는 종교인들의 믿음에만 의존할 수 없기 때문에 사랑의 경쟁에서 승리한 종교만이 주류종교로 남을 수밖에 없다는 것이다. 저자인 권오문 기자가 이야기하는 현대사회의 종교에 대한 진단과 방향에 대해서 우리 모두 깊이 성찰해볼 일이다.

[출처] 권오문 저, '종교의 미래를 말한다'

종교분쟁 없는 지구촌 미래를 위한 실천사항

1. 종교인(또는 비종교인)으로서 개인은

- 불완전한 존재임을 인식하고 보편타당하고 선을 추구하는 종교 갖기
- 따뜻한 마음으로 서로 사랑하며, 가치중심적 삶을 살아가기

2. 종교계와 종교 지도자는

- 따뜻한 시선으로 세상의 다른 종교를 서로 인정하고 존중하기
- 따뜻한 마음으로 이기심을 버리고 종교의 본질적 목적인 사랑을 실
  천하기

주왕산 용연폭포, 한 방울의 빗물이 모여 만든 장엄함

에필로그

———

물 한 방울이 모여 폭포를 이루고 바다를 이루듯, 모래알 하나가 언덕을 만들고 사막을 만들듯, 풀잎 하나가 들꽃 한 송이가 정원을 만들고 온 들판을 가득 채우듯… 따뜻한 마음을 갖은 한 사람이 따뜻한 동네, 공동체를 만들고 온 세상을 따뜻하게 변화시켜 갈 것이다. 나는 이를 확신한다.

우리의 삶은 찰나의 순간… 태어나고 성장하고 결혼하고 아이를 낳고 키우고 새로운 인류를 탄생시켜 인류의 영속성을 유지시켜 나간다. 그리고 사라진다. 그 짧은 태어남과 사라짐 사이에서 우리가 할 수 있는 일은 무엇인가? 모두가 행복할 수 있도록 서로 배려하고 따뜻하게 감싸주는 일련의 일들 그런 것이 아닐까? 오늘 이 순간을 즐겁고 행복하게 보낼 수 있어야 한다. 바로 지금 내 앞에 있는 사람과 즐거움을 공유할 수 있어야 한다.

그러므로 내 주변 바로 지금 만나고 있는 그 사람에게 집중하

라. 그들에게 따뜻하게 대하고 에너지를 전달하라. 그러면 돌고 돌아 당신의 주변은 새롭게 변화하고 따뜻한 에너지로 가득 찰 것이다. 당신의 긍정에너지는 돌고 돌아 세상은 당신에게 긍정 에너지로 보답할 것이다. 세상을 움직이는 힘은 권력도, 군사력 도, 돈도 아니다. 그것을 작동시키는 인간의 따뜻한 마음이다. 역사의 도도한 흐름에서 결국에는 바른 일들, 따뜻한 시선이 승리하였음을 기억하자.

우리 모두는 연결되어 있다. 마치 그물망이 연결되듯 모두 연결되어 있다. 심지어 식물도 뿌리 아래 균근 곰팡이로 연결되어 영양분을 서로 교환한다. 여기 쌀이 있다. 쌀은 서로 결합되지 않는다. 그러나 물을 붓고 따뜻한 온기를 더하면 찰진 밥이 되어 서로 끈끈하게 연결된다. 우리를 연결시키는 힘은 바로 따뜻함에 있다.

웜스(Warmth). 따뜻함은 모든 얼어 있는 것을 녹여낸다. 모든 생명을 일깨운다. 힘겨운 삶에 평온을 준다. 고통속의 인류에게 희망을 준다. 따뜻함은 우리 모두의 전부다. 당신의 마음속 따뜻한 기운으로 풀잎을 가꾸어 주변 사람에게 나누어 주고, 당신 마음의 풀꽃을 잘 가꾸어 소중한 사람에게 그 꽃잎을 선물하라. 당신이 선물한 풀잎 한 장, 꽃잎 한 장, 따뜻한 마음 한 조각이 세상을 구할 것이다. 마침.

국회도서관에서 풀잎에너지 씀

참고문헌

윤홍균 저, '자존감 수업'

너새니얼 브랜든 저, '자존감의 여섯 기둥'

이충헌 저, '분노도 습관이다'

우종민 저, '마음력'

달라이 라마 저, '화를 말하다'

선재광 저, '면역력과 생사를 결정하는 체온 1도의 기적'

오연호 저, '우리도 행복할 수 있을까'

윤태근 저, '성미산 마을 사람들'

이재민 저, '마을 공동체 만들기'

구현주 저, '공동체 감수성'

김영명 저, '정치란 무엇인가'

달라이 라마 · 마위젠베르흐 공저, '리더스 웨이'

엘 고어 저, '불편한 진실'

세계일보 특별기획취재팀 저, '지구의 미래: 기후변화를 읽다'

김기범 저, '2030 기후적응 시대가 온다'

오강남 저, '종교란 무엇인가'

권오문 저, '종교의 미래를 말한다'

아름답고 따뜻한 영혼을 가진
선구자들의 연구와 저술에 감사드리며,
본 책 윔스를 정리하는 데
좋은 길잡이가 되었습니다.
감사드립니다.

웜스(Warmth)

ⓒ 풀잎에너지, 2024

초판 1쇄 발행 2024년 7월 6일

지은이   풀잎에너지
펴낸이   이기봉
편집   좋은땅 편집팀
펴낸곳   도서출판 좋은땅
주소   서울특별시 마포구 양화로12길 26 지월드빌딩 (서교동 395-7)
전화   02)374-8616~7
팩스   02)374-8614
이메일   gworldbook@naver.com
홈페이지   www.g-world.co.kr

ISBN   979-11-388-3368-4 (03810)